科学侦探事件簿

超能力少年

[日]佐东绿　[日]石川北
[日]木泷理真　[日]田中
[日]木木　绘　黄薇嫔　译

U0854072

中信出版集团 | 北京

图书在版编目（CIP）数据

超能力少年 / (日) 佐东绿等著 ; (日) 木木绘 ;
黄薇嫔译 . -- 北京 : 中信出版社 , 2022.3
（科学侦探事件簿）
ISBN 978-7-5217-3786-8

Ⅰ . ①超… Ⅱ . ①佐… ②木… ③黄… Ⅲ . ①儿童小
说-侦探小说-日本-现代 Ⅳ . ① I313.84

中国版本图书馆 CIP 数据核字 (2021) 第 242855 号

KAGAKU TANTEI VS. CHOU NOU RYOKU SHOUNEN
All rights reserved.
©2019 Midori Sato, Kitaji Ishikawa,Rima Kitaki, Tomofumi Tanaka / Kiki,
Asahi Shimbun Publications Inc.
All rights reserved.
Originally published in Japan by Asahi Shimbun Publications Inc.
Simplified Chinese translation rights arranged with Asahi Shimbun Publications Inc.through YOUBOOK AGNECY, China
本作品简体授权经由北京玉流文化传播有限责任公司版权代理独家授权。
Simplified Chinese translation copyright © 2022 by CITIC Press Corporation
ALL RIGHTS RESERVED
本书仅限中国大陆地区发行销售

超能力少年
（科学侦探事件簿）

著　　者：［日］佐东绿　［日］石川北二　［日］木泷理真　［日］田中智章
绘　　者：［日］木木
译　　者：黄薇嫔
出版发行：中信出版集团股份有限公司
（北京市朝阳区惠新东街甲4号富盛大厦2座　邮编　100029）
承 印 者：唐山楠萍印务有限公司

开　　本：880mm × 1230mm　1/32　　印　　张：5.5　　字　　数：94 千字
版　　次：2022 年 3 月第 1 版　　印　　次：2022 年 3 月第 1 次印刷
京权图字：01-2021-5264
书　　号：ISBN 978-7-5217-3786-8
定　　价：28.00元

版权所有 · 侵权必究
如有印刷、装订问题，本公司负责调换。
服务热线：400-600-8099
投稿邮箱：author@citicpub.com

Fig. 61
Fig. 64
Fig. 65
Fig. 83
Fig. 81
Fig. 79
Fig. 96
Fig. 95
Fig. 94
Fig. 93
Fig. 92
Fig. 3
Fig. 107
Fig. 105
Jupiter
Mars
Venus
SONNE
Merkur
Saturn
Erde
Mond
Fig. 109
Fig. 116
Fig. 122
Fig. 113
Fig. 125
Fig. 29
Fig. 140
Fig. 126
Fig. 142
Fig. 128

蝶野力

号称“超能力少年”，主张“每个人都拥有无限力量”。拥有一票狂热的追随者。他的超能力到底是不是真的？

青井美希

花森小学新闻社社长，志愿是成为一名记者。与宫下健太青梅竹马。

轻井平太

邀请谜野真实参与电视节目录像的制作人，为人轻浮。

滨田老师

任职于花森小学，学生都叫他“滨老”。

登场人物

谜野真实

来自精英侦探培训学校福尔摩斯学校的转学生，拥有条理清晰的头脑与广泛的科学知识，抱持着“没有科学解不开的谜团”的信念。

宫下健太

成绩与运动表现平平，人称“中庸先生”。胆子虽然小，却很热爱神秘的事物。

目录

前情提要

青井美希收到山风村村长的来信，与谜野真实、宫下健太前去调查村子里出现的怪事……

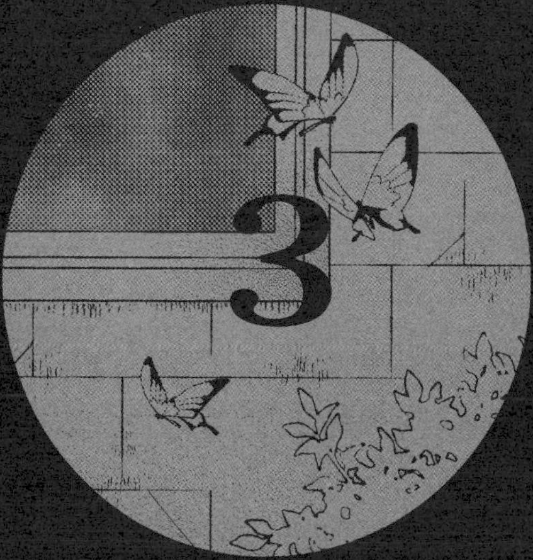

本书的阅读方式

每个小故事分为『事件篇』与『解谜篇』。请与主角们一起解谜，揭开事件真相。所有提示都在书中的文字和插图里。

▶▶

序章

星期一早上，谜野真实走进六年级二班的教室。

“健太，早……”

真实和宫下健太打招呼时，却看到他做出令人费解的举动。

健太手里拿着汤匙，不晓得为什么嘴里念念有词：“每个人都拥有无限潜力……极限是谁决定的？来吧！解放无限力量……”

真实看向四周，发现其他同学也和健太一样，拿着汤匙自言自语。

“健太，你在做什么？”

“早安！真实，你来啦！你问我在做什么？当然是在想办法弄弯汤匙啊！”健太眼神坚定地说。

“弄弯汤匙？”

“对！”

健太紧盯汤匙，嘴里念着：“解放无限力量！”

健太移动大拇指，上下摩擦汤匙柄。

“解放无限力量！”

其他同学说出一样的话，同时摩擦汤匙柄。

这时，年级主任滨田老师——学生口中的滨老——走进教室。

“你们在做什么？”

滨老伸手抽走健太手里的汤匙。

“啊！老师，请把汤匙还给我！”

“汤匙是用来吃东西的，不是用来弄弯的。好了！你们别闹了。”

滨老一边说，一边没收大伙手里的汤匙。

“可恶！明明再一下下就可以弄弯汤匙了……”

“健太，你为什么突然想做这种事？”

“咦？没有突然啊！真实，难道你不知道‘超能力频道’？”

根据健太所说，最近视频网站上出现了一名中学生的视频，引起许多话题。

那个中学生名叫“蝶野力”，他自称是“超能力少年——力”，在视频中展示了各种超能力，弄弯汤匙就是其中一项。

蝶野力说：“每个人都拥有无限潜能，只要解放无限力量，就能够弄弯汤匙。”

看来健太和同学们是受到超能力少年影响，才会一股劲地忙着弄弯汤匙。

“解放无限力量吗？”真实手抵唇边思索着。

“我好想成为超能力少年的‘朋友’……”

“朋友？”

“对啊！超能力少年开设了‘在线沙龙’，时常举办‘粉丝’见面会。”

蝶野力称“在线沙龙”的会员们为“朋友”，每周都会举办限定会员参加的活动。

“加入会员不但可以直接见到蝶野力，更重要的是能够请教他‘如何唤醒惊人的力量’。我想要成为‘朋友’，参加‘粉丝’见面会，可是线上沙龙需要付费，我的零用钱不太够……”

健太的语气听起来非常遗憾。

滨老没收汤匙后，来到健太他们身旁，重重地叹了一口气："唉！老师小时候也流行过这种东西。可是不管试几次，都无法弄弯汤匙。汤匙这么硬，怎么可能说弯就弯？"

听到滨老的这番话，所有人看向他。

"那是因为老师不会解放无限力量！"

"对！你没有相信自己的潜力。"

"没错！没错！"

同学们像是被附身般地靠近滨老，这也是受到蝶野力的影响吗？

"你……你们要做什么？别过来！喂！真实，你也说说话啊！"滨老吓得不知所措，转身抓住真实求救。

"真是的。"

真实扯开抓住自己的滨老，看向众人。

"相信自己的潜力固然很好，可是那和弄弯汤匙根本是两回事。"

真实拿起滨老手中的汤匙，找到平衡点后，将右手大拇指按在平衡点偏下的地方，其他手指握住汤匙柄，再用左手食指钩住汤匙顶端。

“看好了！”

真实勾住汤匙的左手食指稍微用了点力。

下一秒，只见汤匙轻易地弯折了。

“太强了！”众人齐声惊呼。

“真实，你该不会也有超能力吧？”

健太眼中闪耀光芒。真实摇摇头，说：“我只是用了‘杠杆原理’”。

真实把弯曲的汤匙递向健太：“右手大拇指按住的汤匙柄部分为‘支点’，左手食指钩住的汤匙顶端为‘用力点’……”

“哦，那个我也知道！”滨老忍不住插嘴，“撑住支点，在用力点上施以小小的力量，就能在阻力点上形成很大的力量。”

杠杆原理的应用

与这张图一样，用一根长竿子就能抬起大石头。重点是★的长度要比♥的长度短。

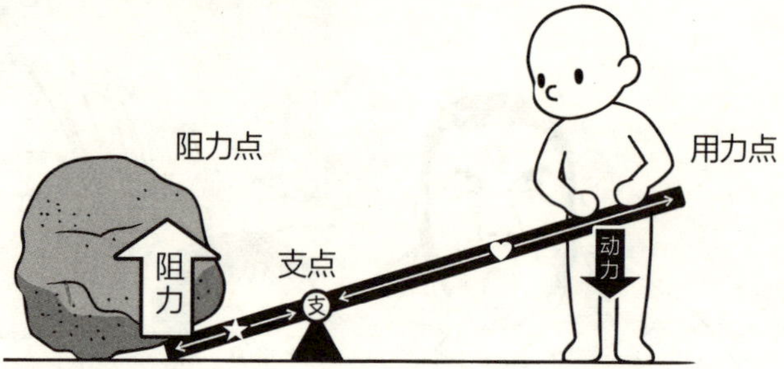

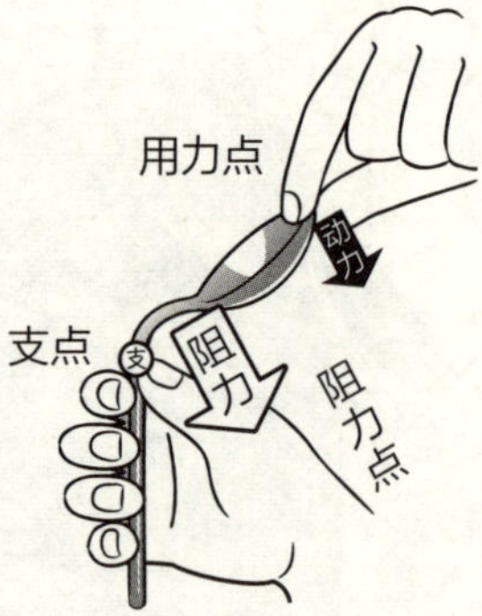

真实的做法是先把汤匙柄放在大拇指指尖，找出汤匙的平衡点（重心），再把平衡点往下几厘米的地方当成支点，就能够轻松折弯汤匙。

“没错！只要利用杠杆原理，微小的力量就可以增强，也就能轻易地折弯汤匙。”

“你的意思是……”

“我的意思是，超能力少年‘力’在视频中表演的折弯汤匙，利用科学就可以办到，就是这么一回事。”

“怎么可能……”

健太得知汤匙弯曲的真相后，似乎大受打击。

“可是……超能力少年在视频中还有表演其他更厉害的超能力，那些全都是骗人的诡计吗？”

听到健太的话，真实的表情有了变化。

就在这时，隔壁班的新闻社社长青井美希，跑进健太他们教室。

“真实，大消息！大消息！”

“咦，美希，怎么了？”

“你们快看这个。”

美希秀出平板电脑的画面，上面写着“谜野真实，你好！诚挚邀请你参加节目的演出”。

那是一封邀请真实参加电视节目录像的电子邮件。

“我前阵子不是帮真实建了一个网站吗？今天早上，我在网站上收到这封邮件。”

“天啊！真实，我好羡慕你可以上电视。”

“我并不想上电视。”

“可是这个节目看起来很有意思。是现场直播的特别节目，内容是：‘超能力真的存在吗？超能力少年与科学侦探的对决！’”

“超能力少年？”

健太仔细看了看制作单位寄来的信件内容，演出者的字段上面写着“蝶野力”。

“是超能力少年‘力’！所以……真实要和超能力少年在节目中对决吗？”

“什么？”

听到健太兴奋地大喊，全班也跟着躁动。

“超能力少年‘力’吗？”

真实看向健太。

“你说过他会表演更惊人的超能力，对吧？”

“是啊！”

“这样啊……我倒想见识一下。”

看来真实似乎有心要揭穿超能力少年的超能力真相。

“你愿意答应节目的邀约？”美希问。

真实点点头。

▶▶

千里眼

事件篇

出租车在电视台前停下。

“就是这个大门！我在综艺节目的外景有看过。”

副驾驶座上的滨老露出灿烂的笑容，兴奋地跳下车。

滨老因为第一次来电视台，显得雀跃万分。

“呃……老师，你没忘记你今天的任务是来当我们的陪同人吧？”

随后下车的美希，伸手推了推镜框，目光犀利地看着滨老。

身为真实经纪人的美希，希望看起来聪明又能干，所以特别戴上了眼镜。

“抱歉抱歉！都怪我从小就是个电视儿童。”滨老双颊涨红，不好意思地说。

在美希收到节目邀约的电子邮件后，电视台制作人主动联络滨老，希望他同意真实参加电视节目的录像，并问他愿不愿意以陪同人的身份一同前来。

滨老原本打算以冷静严肃的态度回应，但是一看到制作人亮出人气女演员如月飒希的签名当作谢礼，立刻放下原则答应。

“没想到老师是个电视儿童。”

健太和真实也跟着下车。

“是啊！我们那个年代还没有网络，电视是最主要的娱乐和信息来源。能够来参观电视台和上节目，可以说是我的梦想呢！”滨老兴致高昂地说，“就像健太你们现在热衷于视频平台，电视对于当时的孩子来说，就是最大的娱乐。”

有别于激动的滨老，要参与电视录像的真实显得非常平静。

一个皮肤晒得黝黑的男子朝他们走来，那是节目制作人轻井平太。

年纪五十多岁的他刻意装年轻，穿着黑色外套搭配白色的窄管裤。

“哎呀，让你们久等了！滨田老师，辛苦你了。能够邀请到谜野真实来上节目，真是我们电视台的荣幸。今晚可说是超人与天才的世纪对决！这将是改变日本……不！是改变世界历史的瞬间，哈哈哈。”满脸笑容的平太一口气把话说完。

（这个人真是兴奋，而且很擅长交际应酬呢！）

健太若有所思地看着制作人，对他留下深刻的印象。

“谢谢你！我是如月飒希小姐的大、大、大影迷呢！”

滨老从正在休息的女演员如月飒希那里获得了事前说好的签名，开心地在电视台走廊上向制作人平太道谢。

“能让老师满意，真是太好了！如月小姐参与演出的电视剧《法医女狐》的制作人一直缠着我，问我能不能找真实来客串演出。”平太的脸上堆满笑容。

“什么？希望真实加入电视剧的演出？”

“是啊！我记得他说想在剧中安排真实饰演一个青少年法医的角色。”

“不了！我对演戏没——”

“谢谢你！我们会积极讨论这项提议的。”

真实的话还没有说完，就被乐昏头的滨老出声打断，并且被滨老自作主张答应下来。

“老师，请你别擅自作主！我才是真实的经纪人。关于演出电视剧这件事，等我们了解各方面的条件后再来讨论，请你们先把剧本寄过来。”

美希熟练地掏出名片，递给制作人。

她为了这一天特地做了名片，还向父亲借了名片夹。

“你好！我是谜野真实的经纪人青井美希。”

健太错愕地看着俨然把自己当成专业经纪人的美希。

（美希真是了不起！厉害得……有模有样。）

“顺道一提，这一只是真实的助理。”美希指着健太说。

“助理？是我吗？咦？为什么……为什么是‘这一只’？”健太惊诧地说。

“别那么多废话！你快去看看我们的休息室在哪里。别忘了请他们准备好椅子和茶水。”

“呃……噢！好。”

尽管健太一时之间无法接收这个设定，却还是听从美希的指示，不敢忤逆。

“那么，我们正式来吧！倒数十秒……五、四、三、二……”工作人员大喊着。

摄影棚入口上方的“ON AIR”（直播）灯亮起。

节目终于要开始了！

摄影棚内是一个圆形的舞台，观众席围绕着舞台设置。

观众情绪高亢地左顾右盼。

他们几乎清一色是穿着同款黑色T恤的小学生，T恤上有个金字塔的图案，上头是大大的“力”字。

“那件T恤是代表某个团体吗？”美希问。

“他们全是‘超能力少年——力’的在线沙龙会员。只要成为‘朋友’，就可以获得那件T恤。”

“那件T恤的品位真差……”美希悄声批评。

健太、美希和滨老混在超能力少年的“朋友”群之中，紧张地看着舞台。

“各位观众，这一天终于到来。世纪对决即将开始！”西装打扮的主持人紧握麦克风，朗声宣布。

他是负责晨间信息节目，目前人气相当高的电视台男主播。

“让我们首先欢迎在日本引起高度关注，有‘真正的超能力者终于现身’之称的超能力少年蝶野力！”

华丽古典乐响起，舞台上顿时烟雾弥

漫，蝶野力在聚光灯的照射下登场。

观众齐声欢呼，奋力地鼓掌。

蝶野力踩着悠哉从容的步伐上台，露出浅浅

的微笑。

“欢迎各位来到现场，一同揭开新对决！你们即将成为新对决的见证者。”

健太和美希很快注意到，蝶野力散发出的强大气场和那非比寻常的气质。

“实际见到本人，他真的好有气势！实在不像个中学生。”

“态度倒是很大方。”

健太和美希小声地讨论着。

“接下来让我们欢迎另一位主角，主张以科学力量揭穿蝶野力的超能力，凭借科学知识解决众多难解事件，在街头巷尾引起风潮的科学侦探谜野真实！”

音乐声再度响起，真实从烟雾中现身。

他带着一如往常的冷静表情，一步步走向舞台。

健太、美希和滨老用力地为真实鼓掌。

健太更是在心中呐喊了无数次：“真实，加油！”

真实和蝶野力都来到舞台后，主持人请观众们先安静片刻，开始介绍节目的流程。

“待会儿节目正式开始，会先请蝶野力展示他的超能力，真实从旁观察后，若觉得这项超能力中藏有可以破解的诡计便出面说明。节目将会按照这样的程序进行。”

蝶野力面对观众，一副游刃有余的样子说：“好的。那么，我先来示范一下。”

他从口袋里拿出几把汤匙，依序将它们弄弯。

“哦！哇！”

全场观众高声赞叹。

“这么普通的超能力，我想各位一定早就看腻了。顺便说一下，这种力量并非我专属……”

蝶野力微笑着看向摄影机并伸手往前指，眼神坚定地说：“正在电视机前的你们，每一个人体内都沉睡着这股力量，想要发挥它，就必须相信自己。来！和我一起想象这把汤匙不是硬的，而是软的……更多详细的做法都在我的‘在线沙龙’上，特别公开给所有亲爱的会员朋友，请各位务必参考。”

“搞什么！弄弯汤匙不过就是真实说的‘杠杆原理’罢了！”健太看向美希，不以为然地说。

美希点点头，似乎对蝶野力感到佩服。

“这手段真高明！在全国联播的电视节目上，不经意地宣传自己的‘在线沙龙’。真是高招！这一招必须学起来。”

“美希，你是在佩服什么？他可是真实的敌人！”

“啊！抱歉、抱歉！”美希不好意思地说。

“好，我们开始吧！”

站在舞台上的蝶野力卷起外套的袖子，环顾全场。

“可别以为我只会弄弯汤匙。现在就让你们瞧瞧，这些意想不到的超能力。”

蝶野力打了一个响指。

工作人员搬了张桌子到舞台中央，桌子上还放了一个装有透明液体的大烧杯。

“这个烧杯里装的是普通的水。不信吗？让你们看看证据。”蝶野力自信满满地说。

工作人员又拿来一个玻璃杯。

“金鱼！”

健太注意到玻璃杯里有只在游动的金鱼。

蝶野力从工作人员的手中接过玻璃杯，徒手捞起金鱼放进烧杯。

“你们看！金鱼在烧杯里自在地悠游。这样可以确定，这只是杯普通的水，对吧？”

金鱼恣意地摆动尾鳍，在烧杯里游来游去。

“谢啦！你可以退场了。”

蝶野力再次捞起烧杯里的金鱼，轻轻地放回玻璃杯，转身交给工作人员。

接着，他在事先准备好的另一盆水中洗净双手，再拿了条毛巾把手擦干，然后从桌子下方的盒子里拿出一把汤匙，放在桌上。

“解放无限力量！”

蝶野力伸手盖住桌上的汤匙。

“我的意念慢慢进入这把汤匙……汤匙将会像海绵般吸水，逐渐吸收我的意念……”

蝶野力的手微微提高，在汤匙上方用力握拳，传送念力。

“好了！各位请看。”

蝶野力轻轻地将汤匙捏起。

“把汤匙放进水中……”

健太和所有观众的视线全都集中在烧杯。

当汤匙一放进烧杯的水中，惊人的事发生了——

汤匙在水里变形，慢慢熔化……最后竟变成了浓稠的银色液体，沉淀在烧杯底部。

“咦？汤匙熔化了！”

“不会吧？”

健太和美希吓了一跳，忍不住大叫。

“太惊人了！我们居然能亲眼看到汤匙熔化！”

主持人兴奋地大喊，观众们也齐声热烈鼓掌。

蝶野力心满意足地看向真实，挑衅地说：“来吧！你要说这也是诡计吗？”

主持人看向真实。

“各位观众，呈现在我们面前的是如此不可思议的现象！究竟能否利用科学的力量，解开超能力中的诡计呢？真实，看你的了！”

“好。”真实的语气还是一如既往的平静，他将手抵在唇边，定睛注视着烧杯里熔化的汤匙。

健太、美希、滨老和观众们一起等待真实的回答。

（真实一定能看破蝶野力的手法！）

健太不自觉地握紧拳头。

真实的视线转向放在舞台角落的水盆。

那里面装的是刚才蝶野力在捞过金鱼之后，用来洗手

的水。

水盆的外侧布满水滴。

“果然是这样。”真实喃喃自语，推了推眼镜，“没错！这个现象的确隐藏着诡计。”

“真的吗？”

现场所有的观众倒抽一口气。

“这世上没有科学解不开的谜团！我已经破解一切了。”

摄影棚里的所有人屏气凝神，等待真实揭开其中的谜团。

▶▶ 解谜篇

真实目不转睛地看着眼前的蝶野力。

过了一会儿，真实开口说："你刚才所使用的汤匙，它的材质并不是一般常见的不锈钢吧？我猜……那把汤匙应该是用镓*制成的。"

"咦？镓？那是什么？"

听到陌生的词汇，观众席上的人相互对望，满脸疑问。

站在舞台上的蝶野力望着真实，脸色变也没变。

真实表情冷漠地继续往下说："镓是原子序数 31 的金属元素。镓的特性是熔点**很低，只有 29.8 ℃。也就是说，只要高过这个温度，镓就会从固体变成液体。"

"你的意思是，蝶野力手中那把熔化的汤匙，是用'镓'这种材质制成的，对吗？"

主持人谨慎地重复了一次真实刚刚说的话，想要把细节确认得更清楚一点。

"是的。而且那个烧杯里的水，应该是温水吧？把镓制的汤匙放进温度比其熔点高的温水里，汤匙就有可能像那样

---

* 镓是银白色金属。几乎所有的LED（发光二极管）里面都含有镓。

** 熔点是晶体物质熔化时的温度，即该物质的固态和液态可以平衡共存的温度。除了镓之外，还有其他金属在室温下也容易变成液体，例如铯（熔点为28.5℃）、铷（熔点为39.3℃）。

熔化。所以，这并不是什么超能力。”

观众诧异于真实的推理，同时望向蝶野力，想看看他的表情。

但是，蝶野力的脸色丝毫没有改变，只是默不作声听着。

“蝶野力触摸汤匙之前，在各位面前洗了手，其实是在用冰水冷却双手。那个他用来洗手的水盆外都是水滴，证明

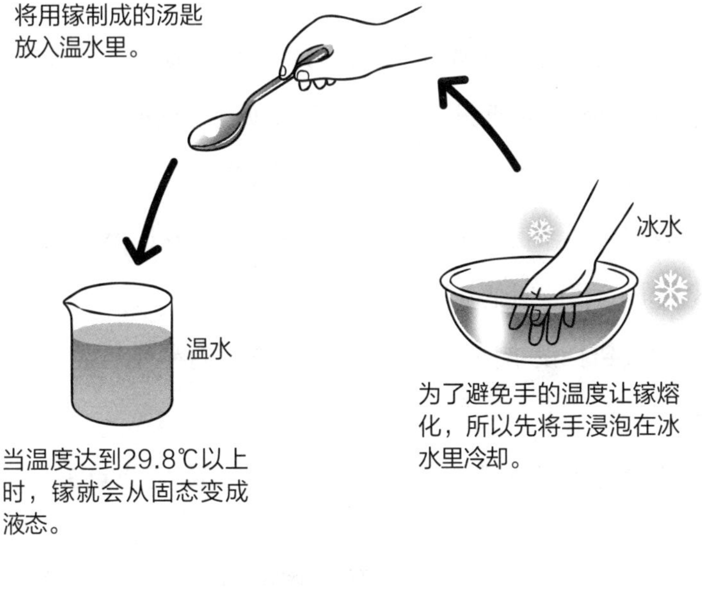

※金鱼在温水里也能存活，但是最好避免让金鱼长时间待在温水里。

了水盆里装的是冰水。他这么做的目的，是为了避免在他拿起汤匙时，汤匙就先因为他的手温而熔化。我说得没错吧？”真实说完，看向蝶野力。

蝶野力始终注视着真实，突然绽放笑容，大声鼓掌说：“Bravo*！Bravo！真实的推理实在让人入神，非常值得一听。没错！镓的确拥有那种特性。”

健太以为蝶野力会不甘心认输，没想到他从头到尾都表现得从容不迫，健太感到十分惊讶。

“我常常在想，那些凡事都爱用科学解释的人，他们把这个世界变得超级无趣。”蝶野力慷慨激昂地说，“各位，你们不觉得吗？最近只要有人很努力，就会立刻被人泼冷水，这种人太多了。看到别人朝着梦想努力，就去扯他们的后腿，然后自以为了不起，社会上全都是这种人。我们不希望这个社会变成这样，对吧？”

“没错！没错！”蝶野力的“朋友”们在观众席上同声附和。

蝶野力听到他们的响应，泰然自若地微笑着点点头。

---

* Bravo 有“棒极了！”“精彩！”等意思。常在歌剧或古典音乐表演时，观众对演出者表达赞赏之意时使用。

“至于真实刚才的解说，我不否定也不肯定。我希望电视机前面的各位，用自己的脑袋来判断。刚刚只是小小的热身，结果反而使各位质疑起超能力，这或许是我的疏失。好！我们进行下一个表演吧！”

蝶野力面带微笑，催促主持人让节目继续。

“接下来是重头戏。观众们，期待很久了吧？”

穿着相同T恤的“朋友”们听到蝶野力这么说，齐声鼓掌回应。

“喂！这是怎样？到底是不是镓，只要查一查不就知道了吗？哪有人这样转移焦点的？你说是吧，美希？”

健太完全无法接受事件这样发展，想寻求美希的支持。

“太厉害了！这家伙的超能力被揭穿，还能够指桑骂槐，批评指教错误的人，借此转移焦点。果然是高手、高手、高手中的高手。”美希发自内心地佩服。

（什么嘛！真实都揭穿了他的诡计，他还不认账，这种对手还是第一次遇到。真实不会有事吧？）

蝶野力环顾了现场一圈后，说：“接下来要表演的超能力需要有人协助。但这位协助的人，不能是我的‘朋友’。

如果可以的话，我希望他是一位独居的人。”

滨老的眼珠子转来转去又看了看四周，缓缓地举起手。

健太和美希惊讶地看着他。

“老师？”

“我有什么办法！你们看也知道，这观众群符合要求的只有我。”

滨老说得没错，观众席上的人，大多是蝶野力的“朋友”。

“那么，就有请那位观众喽！麻烦你帮忙，请上来舞台吧！”

滨老在主持人的催促下，随意用手梳了梳那头睡乱的头发，再把衬衫塞进裤子里，连忙走上舞台。

“各位，让我们鼓掌欢迎这位热情的观众！”

在众人的掌声中，滨老尴尬地露出笑容，一边点头打招呼，一边走到蝶野力的面前。

看到滨老的反应，健太小声说：“老师嘴上说无奈，其实心里很开心。”

主持人把麦克风递向滨老：“那么，请简单地向我们介绍你的职业和姓名。”

“啊！噢……好！”

滨老抢过主持人的麦克风，找到摄影机，直盯着看。

“敝姓滨田，我是一名老师，最近沉迷于打扫。目前单身，正在征求女朋友。我好像说了太多不必要的内容，哈哈哈。”

主持人对于这样的发言有点头疼，赶紧拿回麦克风。

蝶野力似乎是想要打圆场，笑容满面地对众人说：“这位观众看样子是不习惯上电视……各位一看就知道他真的只是一般民众吧？这样也就可以证明，我没有安排暗桩。”

听到蝶野力这么说，摄影棚里的观众全都笑了出来。

“太丢脸了，老师……”

健太低下头，仿佛丢脸的是他自己。

“不管距离有多远，我都能看到我想看的地方。也就是说……我能够远距离透视。”

“这就是所谓的千里眼，是吗？”主持人好奇地发问。

“对！我现在就要利用千里眼这项超能力，透视这位滨田先生远在千里之外的家。”

“蝶野力接下来要挑战的……居然是千里眼透视！”

滨老支支吾吾地询问主持人：“请问一下……那个……我最近刚搬家，家里还没有让人来过……这样好吗？”

“当然！这样再好不过了。各位，听到了吗？那个住家除了屋主本人之外，还没有任何人去过。而我现在就要进行千里眼透视！”

滨老搓了搓手，似乎很紧张。

“请你放轻松，闭上你的眼睛。”

蝶野力要求滨老闭上双眼，接着把手放在滨老的肩膀上。

“解放无限力量！”

蝶野力大喊后，自己也闭上眼睛。

“我的意识正飞向滨田先生的住处。”

蝶野力一边吐气调整呼吸，一边集中精神。

“啊！就是这里吧……我现在要进去你家喽！”

健太屏住气息，期待蝶野力接下来的举动。

“嗯，原来如此……原来如此，好的。”

尽管蝶野力闭着眼睛，却像是实际待在滨老家一样，头朝四周轻轻转动。

“好！我看完了。”

蝶野力张开眼，在准备好的素描簿上速写出房间的格局。

“你家的格局是这样吧？三坪*和两坪多的房间就像这样子排列。三坪大的那间房是木头地板，摆放着圆桌和坐垫。另一间两坪多的房间则是铺着榻榻米，睡铺就铺在地上没收。还有……这里有间小厨房。”

蝶野力说得如此肯定，健太感到无比讶异。

（听说假的超能力者，会用模棱两可的说辞闪避重点。可是……蝶野力的态度这么大方，应该是因为很有自信吧。）

看到蝶野力画出的格局图，滨老惊呼道：“没错！就是这样。我家就是长这样。”

“太厉害了！”

观众们用力鼓掌。

“哇！真是太惊人了。那么，真实，这个表演也藏着诡计吗？请你用科学的力量替我们解开谜团吧！”

主持人、观众，还有摄影棚内的摄影机，全都转向真实。

“我想请教你几个问题。”真实看着滨老说。

“有宅配等送货员曾经送货到你家吗？”

“有几个送货员来过。但是玄关和房间之间有道门，我

---

* 坪是土地或房屋面积单位，一坪均合三点三平方米。

都会把门关上，所以即使站在玄关，也看不到屋子的里面。”

“自来水、空调维修等其他业者，也没有来过吗？”

“都没有。而且我的新家盖在郊外的山丘上，与其他建筑物距离很远，不管从哪个位置看过来，应该都无法看到室内。”

"房屋出租网站上，有没有可能刊出老师家室内的信息呢？"

"那间房子的房东是我的亲戚，他们夫妻俩住在一楼，把二楼租给我，所以房子并没有对外公开招租过。"

真实问完一个又一个的问题后陷入沉思。

观众们吞了吞口水，静静地等待真实说话。

漫长的沉默持续了一会儿。

健太望向真实，在心中祈祷。

（我相信真实一定能够破解的！）

主持人却在此刻插嘴："时间到！我在此宣布——蝶野力获胜！"

观众们大声鼓噪，恭贺蝶野力的胜利。

"蝶野力果然是最棒的！"

"帅呆了！"

蝶野力的"朋友"们十分开心。

健太和美希只能无奈又失神地望着被迫接受败北事实的真实。

但是，真实仍旧不发一语地沉思着。

"好的，可以了。辛苦各位了！"

年轻的工作人员大喊，结束节目的直播。

观众席上的观众们在工作人员的引导下纷纷离场。

戴着粗布手套的工作人员立刻就位，动手拆除摄影棚的布景。

“这一切好像在做梦。”美希看着一口气被拆光的布景说。

原本豪华的陈设，三两下就被清空。

健太和滨老跑向仍然站在摄影棚昏暗角落的真实。

“如果有足够的时间，我相信你一定能找出原因的。”健太开口对真实说。

“真实，真是不好意思。我没想到他竟然这么轻易地就说中我家的格局……他一定是读了我的脑袋！”

就在滨老说着牛头不对马嘴的道歉时，制作人平太紧跟着蝶野力，从真实一行人的身边经过。

“超能力少年……噢，不！应该称你为大师，车子已经准备好了，我们前往高级寿司店庆功吧！”

平太瞥了真实他们一眼，似乎这一刻才发现他们的存在。

“有劳你们了。车站就在那边，你们晓得怎么回去吧？”

平太的语气冷漠，态度和他们刚抵达电视台时截然不同。

健太感到很无言。

蝶野力走到真实面前，刻意停下脚步。

“我说，你以后要不要改一改你的台词？改成‘没有科学解不开的谜团……才怪！’”

蝶野力窃笑着，与平太一同离去。

“这家伙真是有够讨人厌！”美希皱着眉头说。

真实的表情没有丝毫改变，也没有停止思考。

“他不可能看过整个房间。破解诡计的关键一定就在某处……”

1

科学解谜

何谓“金属”？

所谓金属，就是拥有下列共通特性的物质。

- · 具有独特的光泽。
- · 能够导热、导电。
- · 延展性强，容易加工。

一般人听到“金属”，多半会想到坚硬又沉重的铁，或是亮晃晃的黄金，但事实上也有像本章节提到的镓这种具有意想不到特性的金属。以下为各位简单介绍：

像水一样的金属汞（水银）

汞的熔点是零下38.8℃，即使放在冰箱的冷冻室，仍会保持液体的状态。（注意！此处仅为解说，汞具有毒性，所以千万别放进冰箱里。）

奇妙的金属锂

将锂放进水里就会和水反应，产生易燃的氢气，所以通常会存放在油中。（非常危险。请注意安全，以免受伤。）

锂很软，用刀子就能轻易切断。

锂是目前世界上最轻的金属，能够浮在水面上。

A：不一定。也有软到可以用刀子切断的金属。

▶▶

穿墙术

事件篇

“哇！好多人……那边在发气球。”

看到免费的气球发送，健太眼睛一亮。

正当健太准备跑过去时，美希用力地拉住健太的衣服。

“你这样会迷路啦！真受不了你，怎么这么幼稚。”

健太、美希和真实来到隔壁镇上的购物中心。

看到健太和美希吵吵闹闹的模样，真实露出浅浅的微笑。

（啊！真实笑了，好久没看到他的笑容了。）

健太不自觉地望向美希。

“太好了！”美希眨了眨眼回应健太。

电视节目现场直播后，已经过了一个星期。

蝶野力的人气扶摇直上，无论是大人还是小孩都很喜欢他的视频。

然而另一方面，路人一看到真实，不是交头接耳，就是指着他嘲笑，说：“快看！就是他，前一阵子在电视上输给超能力少年的那个人……”

真实看起来像是完全没发现路人的奚落，但是健太和美希全都看在眼里。

打从那天离开电视台之后，真实就一直在思考。

“蝶野力究竟是如何办到的？他为什么能精准地说中滨老住处的格局？”真实不断地在心中自问。

每天中午，休息时间一到，真实都会前往教职员办公室，询问滨老各式各样的问题。

不过，得到的却都是“没有什么奇怪的地方”“够了！烦死了”这一类的回答。

真实也曾经在放学后直接前往滨老的住处，但是，依旧没有掌握到关于谜团的线索。

健太和美希觉得这样下去不是办法，所以找真实来购物中心举办的“梦幻古代鱼——皱鳃鲨*展”逛逛，希望借此帮他转换心情。

“哇！那边聚集了好多人，不知道是什么新奇的玩意儿。我们过去看看嘛！”

健太拉着真实和美希，朝活动舞台靠近。

就在这时——

* 皱鳃鲨：又名拟鳗鲛，栖息在深海里的鲨鱼。因鳃间隔延长而褶皱，且相互覆盖，故称为皱鳃鲨。皱鳃鲨为卵胎生，孵化期一年以上。

“咚咚咚……锵！”

一阵鼓声响起，舞台上出现一个人。

“啊！”

站在舞台上的是蝶野力。

“欢迎莅临超能力少年‘力’的表演秀！今天，我要让各位看看，那些沉睡在你们体内，超越科学的惊人力量。”

（没想到我们会在这里遇到最不希望真实遇见的人……）

“对了！我们是来看展的。呃……皱鳃鲨展应该在那边吧？”健太东张西望地找寻着。

“是啊！古代鱼要比超能力有趣多了。”美希也应和着。

健太和美希急着想往右转，却已经太迟了。

“嗯……超越科学的惊人力量吗？听起来似乎很有意思，我们过去瞧瞧。”

真实注视着舞台上的蝶野力。

“首先，我要表演的是，只靠意念就能够自由操控物体的超能力，也就是‘念力’。”

蝶野力打了一个响指。

工作人员把放在推车上的大铁桶送到舞台上。

“我将会在手指完全不会碰到铁桶的状况下，压扁各位面前的这个大铁桶。”蝶野力自信地说。

台下观众议论纷纷。

“他真的能够办到吗？”

健太看向真实，真实依旧平静地看着舞台。

蝶野力面朝大铁桶，气定神闲地伸出双手，以认真的表情开始传送念力。

他的手指微微颤抖。

“解放无限力量！”

就在蝶野力大喊的那一刻——

“哐当！”

大铁桶发出巨大声响，瞬间就像被一把捏扁的铝罐般凹陷。

“怎么会这样！”健太忍不住大叫出声。

在众人惊讶的目光下，蝶野力向着天空高举双手。

“这就是我的力量！也就是沉睡在各位体内的力量！”

会场瞬间响起热烈的掌声。

“蝶、野、力！蝶、野、力！”

站在舞台最前排，穿着黑色T恤、整齐划一的蝶野力“朋友”们齐声欢呼。

“哇！太厉害了。这次应该是真的超能力了吧？”

“不！这并不是什么超能力，他只是利用‘空气的力量’罢了。这是个很简单的技巧。”真实看着被压扁的大铁桶说。

“空气的力量？”

“嗯，空气具有足以压扁物体的强大力量。”

“我知道！真实，你说的是‘气压*’吧？”美希得意扬扬地说。

“是的。大铁桶平时会承受来自铁桶外侧与内侧两方面的‘空气压力’，而且这股空气互相挤压的力量会达到平衡。”

“如果是这样……那刚刚大铁桶为什么瞬间凹陷了？”

健太还是一头雾水。

“我想蝶野力应该是利用某种方法，事先把大铁桶内部的空气抽掉了。这么一来，大铁桶由内向外推的空气压力减弱，就会输给由外向内推的空气压力，大铁桶凹陷正是因为这股

---

* 气压指与大气接触的面上所受到的气体分子施加的压强。地表附近承受大气层空气的全部重量，如此强大的空气压力压住大铁桶，大铁桶也不会被压扁，是因为铁桶内部有同样的力量向外推，使得内外力量相互抵消。

抽掉铁桶内空气的方法

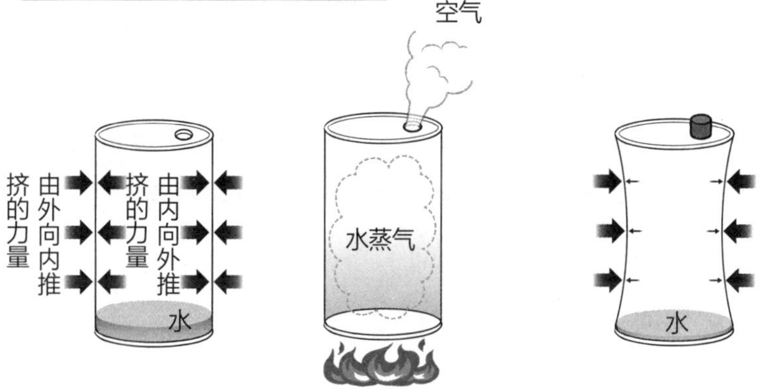

①先在铁桶内装一些水。这时铁桶外侧的气压与内侧空气压力一样大，达到平衡状态。

②加热铁桶，让桶内的水蒸发成水蒸气，因而把桶内原来的空气挤压出去。

③将铁桶盖上盖子降温，桶内的水蒸气就会变回水。因为桶内空气已被挤压出去，由内向外推挤的力量减弱，所以铁桶便会凹陷。

‘空气的力量’。他只是看准时机，假装传送念力而已。”

“念力果然是骗人的。”

“没错！”

此时，舞台上的蝶野力突然指向真实。

“哎呀，我还以为是谁呢！这不是名侦探谜野真实吗？”蝶野力的语气带有一点点的戏谑。

听到蝶野力这么说，在场所有人同时看向真实。

“真实，你该不会是想要证明我的超能力是真的，所以特别过来参观吧？”

观众群中爆发出笑闹声。

“你的超能力才不是真的！刚才的念力也不过是……是个诡计！”健太忍不住反驳，却没能流畅地把话说完。

“你们少来这里惹是生非！”

“明明在电视上都输了！”

“别不甘心了！”

蝶野力的“朋友”们你一言我一语地说了起来。

“各位，冷静点！这位谜野真实可是我重要的搭档。”蝶野力以沉着的嗓音对在场所有人说，“多亏他无法找出答案，因此更证明了我是真的拥有超能力。我想他一定也很明白，有些力量是科学也无法解释的，是吧？”

（唔！他又开始转移焦点了。）

健太紧握拳头。

“那么各位，接下来我要展示的是我平常不轻易表演的超能力——穿墙术*。”

---

* 穿墙术：能够通过墙壁或玻璃等原本无法通过的地方的一种超能力。

“呜——”

蝶野力才说完，一阵刺耳的警报声响起。

紧接着是慌乱的广播声。

“各位来宾，请即刻前往购物中心广场避难。我们刚收到消息，有人在馆内放置炸弹，炸弹将在十分钟之后引爆。”

“什么？”

“有炸弹！”

这突如其来的广播让众人都慌了手脚。

“哇啊！”

众人陷入恐慌，高声尖叫着，想找到通往广场的路径。

几位购物中心的工作人员跑了过来。

他们听说名侦探谜野真实人就在这里，所以特别来寻求协助。

“你就是谜野真实吗？请你帮帮忙！我们已经报警了，可是情况危急，看样子似乎来不及等警察抵达……”

“我明白了。你知道炸弹在哪里吗？”

“请跟我来。”

真实、健太和美希赶紧跟上工作人员。

看着眼前这近乎失控的状况，站在舞台上的蝶野力对着台下的众人大喊："这里就交给真实吧！各位请冷静地前往避难。啊！亲爱的'朋友'们，你们能不能为我留下来呢？我需要你们帮我一同守护大家的安全。"蝶野力说完，露出诡异的微笑。

真实、健太和美希跟着工作人员，来到的是"梦幻古代鱼——皱鳃鲨展"的会场。

“炸弹在这里吗？”

会场是个独立的空间，四周有墙壁遮挡，内部光线昏暗。

中央有个宽约两米、高约一米的大型水槽。

水槽放在台子上，上方则被一个高约五十厘米的黑色铁板覆盖着。

“炸弹就在这里面。”

工作人员手指的地方，是有着一只长相如怪物般奇特的皱鳃鲨游动的水槽底部*，那里有一艘约莫十五厘米大小的海盗船模型。

模型的船长室内正闪着红光。

“你说这艘船是炸弹？啊！闪红光的旁边还有数字和类似开关的东西！”健太大喊着。

真实点点头。

“我曾在福尔摩斯学校看过类似的装置，这是‘计时型’的炸弹。这种类型的炸弹只要能顺利从海盗船里取出并关掉开关，应该就不会爆炸了。”

---

* 深海鱼可以人工饲养吗？栖息在高水压深海里的鱼类，一旦被捕上岸，就会因为水压改变而造成体内气体膨胀，导致减压症状，甚至内脏有可能从嘴巴里掉出。因此，水族馆要饲养深海鱼类时，必须先用注射器抽掉鱼体内鱼鳔等膨胀的空气，再进行治疗，才能将其放至一般水槽里饲养。鲨鱼因为没有鱼鳔，所以可以直接养在一般水槽里。

真实快速扫视水槽。

“看来只能从水槽的上方取出海盗船。”

真实把手伸向铁板，往上一掀，并轻巧地跃上台子。

然而，当真实看到水槽上方的状态时，他愣住了。

“这是……”

水槽上还盖着另外一片厚重的铁板。

工作人员着急地大喊：“糟糕！装设铁板的活动公司人员已经离开了，我们没有办法处理……”

听到这番话，健太和美希的脸色发白。

“美希，距离爆炸还有多长时间？”

“剩下五分钟！”

真实快速检查水槽玻璃与铁板的接缝处。

铁板是用许多螺栓固定在水槽上方，一时半刻没有太多时间将它们全部拆卸下来。

真实思索了一会儿后跳下台子，对工作人员说：“没时间了！打破水槽吧！”

“打破水槽？可是……里面是珍贵的古代鱼……”工作人员的表情有些为难。

“人命关天。”真实直视工作人员的眼睛说。

四周笼罩着一股紧张的气氛。

“呵呵呵，没想到相信科学的人根本派不上用场。”

真实一行人转过头，只见蝶野力领着“朋友”们站在那里。

“你来这里做什么？”美希说。

蝶野力露出不怀好意的笑容，缓步走近水槽。

“咚、咚。”

蝶野力敲了敲水槽的玻璃。

“根本没必要打破玻璃。就由我来为各位取出水槽里的炸弹吧！”蝶野力趾高气扬地说。

“你说什么？真的可以吗？你打算怎么把它拿出来？”工作人员惊呼不已。

蝶野力伸出右手，将手掌紧贴着水槽玻璃。

“我会施展‘穿墙术’，将手穿过水槽玻璃……”

“穿墙？这怎么可能办到！”

这次换成健太惊呼。

“当然有可能！我就能够办到。”

蝶野力露出不可一世的表情。

真实冲上前，用力抓住蝶野力伸向水槽玻璃的手臂。

“这可不是在表演！这关系到很多人的性命。”

“你心中重要的难道只有人命吗？打破水槽，里面的古代鱼也会死掉，不是吗？”

“真实，还剩下三分钟！”美希大喊。

工作人员也冲到水槽前方。

“拜托你了！不管你是要用超能力还是什么都没关系，只要赶快把炸弹拿出来……”

蝶野力冷冷一笑。

“我说名侦探啊名侦探，可以请你先松开你的手吗？现在，轮到我上场了。”

真实盯着蝶野力的双眼，不甘心地把手放开。

“各位，我很乐意邀请你们观赏，不过我希望你们退后一些，让出空间给我集中意识。”

众人听从蝶野力的指示，很有默契地朝会场入口处的方向后退约三米。

“这样就行了。”

蝶野力绕着水槽走了一圈，在水槽的正前方停了下来。

从真实他们的角度看过去，可以看到蝶野力的侧身。

蝶野力缓缓伸出右手，将掌心紧贴水槽玻璃。

“如何？有什么发现吗？我既没有耍诈也没有装设机

关，这只是片普通的玻璃。”

蝶野力用左手抓起脖子上的围巾，轻轻擦拭玻璃表面，再用围巾遮住贴着玻璃的右手。

“那么，我要动手了！”

蝶野力深吸一口气，全身用力，就在那瞬间——

“锵！”

现场响起尖锐的金属声。

众人吓了一跳，看向声音出处，原来是“朋友”中的其中一人弄倒了栏杆。

“对不起！我的脚绊到了。”

“呼……我的心脏差点要停了。”

健太松了一口气，将视线移回蝶野力的身上。

蝶野力的右手依然藏在围巾下方。

他再度深吸一口气，全身用力。

“解放无限力量！”

接着——

“啵！”

隐约听到像是水珠反弹的声响。

下一秒，蝶野力的手出现在水槽内部。

“啊！他的手真的穿进水槽里了。”

健太和围观的众人惊讶地张大嘴巴。

这实在是令人难以置信。

蝶野力的右手经过悠哉游动的皱鳃鲨旁，伸向水槽后侧。

“怎么可能……这到底是怎么一回事？”

健太和真实目不转睛地注视眼前的景象。

蝶野力的右手顺利地拿到海盗船。

“啪沙！”

他从水槽里用力地抽出右手并高举过头。

滴滴答答淌着水的右手，牢牢地抓着海盗船。

“他真的做到了……”健太满脸惊讶。

“快点停止炸弹的开关！”

工作人员连忙跑上前，从蝶野力的手中小心翼翼地拿走海盗船，交给真实。

“哔！”

真实关掉开关，海盗船船长室里闪动的红光立刻熄灭。

“停了！停下来了！”

“还剩下三十秒……”

美希瘫软地坐在地上。

“只剩三十秒。哎呀，这结果还不坏嘛！”

蝶野力再度用围巾擦了擦水槽玻璃。

玻璃上别说是手臂能穿过的洞，就连半点裂痕也没有，只是片普通的玻璃。

蝶野力在众人错愕的目光下走向真实。

“怎么样？再次让你见识到我真正的力量。”

同一时间，蝶野力的“朋友”们大声鼓噪：“蝶、野、力！蝶、野、力！”

蝶野力沉浸在众人的欢呼中，脸上尽是嘲笑的神情。真实直盯着他的双眼，不曾转开。

隔天放学后，美希和健太在花森小学新闻社的办公室里，看着计算机屏幕。

“皱鳃鲨水槽炸弹事件”在网络新闻上引起热烈讨论。

“听说海盗船的炸弹是假的，只是恶作剧。（笑）”

“拿出水中炸弹的是蝶野力。他果然是真正的超能力少年！超能力最棒了！”

诸如此类的评论接连上传。

“什么嘛！这些人不断地称赞和吹捧蝶野力。依我看，这件事绝对有诈。”健太说。

“可是，他究竟是怎么办到的？水槽的玻璃也看不出任何可疑的地方。”美希说。

“这个……有一点我很在意。”原本坐在窗台边思考的真实对健太和美希说。

“哪一点？你发现什么了吗？”

“你们说过，有人把当时的视频上传到网络，对吧？可以让我看看吗？”真实说。

“对！好像是其中一个‘朋友’偷拍的。等我一下，我找给你。你们看，就是这个。”

美希快速地在键盘上按了几下，计算机屏幕马上出现一个名为《奇迹的超能力！穿墙术救了五千条性命！》的视频。

视频的画面晃动得很厉害，也没有录进声音，只录到真实和蝶野力等人的模样。

视频继续往下播，播到蝶野力面对水槽玻璃集中意识的场面时，众人突然回头往后看。

“果然不出我所料。”

真实按下按键，停止视频播放。

“这时突然有个很大的声响，接着所有人同时转头。”

“没错！我记得……好像是蝶野力‘朋友’中的某个人不小心弄倒了栏杆。”

“对！可是，你们看这里。”

真实指着屏幕的画面。

在众人都转头时，只有一个人仍然面向前方。

那个人就是蝶野力。

“只有蝶野力没有转头……”

“怎么了吗？”

“表示他一开始就很清楚这个时间点会发出声响。这么一想，很多疑点就合理了。”

真实的推论让美希感到震惊。

“难道这场炸弹骚动，都是蝶野力一手策划的？”

“恐怕是这样。他事先邀请某个‘朋友’并向他说明，再说服对方配合，协助制造出很大的声响，借此转移众人视线，他就可以趁机在水槽玻璃上开个洞。”

“开个洞？时间那么短，他要怎么办到？”

美希把脸凑近计算机屏幕。

仔细看过之后，美希注意到蝶野力把手伸向水槽下方的台子。

“怎么可能！而且更重要的是，如果他开个洞，水槽的水不就流出来了吗？”健太忍不住反驳真实。

真实伸出食指推了推眼镜。

“不！只要善加利用某种力量，即使水槽开了一个洞，水也不会流出来。”

真实眼镜后侧的双眼闪闪发亮。

那个用来避免水从水槽流出的力量，到底是什么？

▶▶ 解谜篇

当天晚上。

“叽——”

令人不舒服的声音在旧仓库内响起。

满是铁锈的铁门被推开，真实、健太和美希三人探出头来。

“那个水槽真的在这里吗？”

“嗯，没错。”

解谜的关键应该就在那个水槽上，至少真实他们是这样认为的。

离开学校后，真实、健太和美希再次来到购物中心。

展览已经结束，活动公司也把展示皱鳃鲨的水槽收了起来。

三人潜入一片漆黑的仓库，仰赖着真实的笔形手电筒发出的亮光前进。

“真实，水槽在那边！”

在仓库最深处，有个用布盖着的巨大箱子。

真实轻轻地把布掀开。

布的下方出现的就是那个几天前摆在黑色台子上，上方还盖着铁板的玻璃水槽。

水槽里空无一物，没有水也没有皱鳃鲨。

健太上下查看了水槽的玻璃，失望地说：“果然还是找不到哪里有洞啊……”

真实露出自信的笑容。

“我现在才正要开始找呢！”

真实用手电筒的光照亮水槽下方的台子，开始地毯式搜索。

“上传网络的那段视频中拍到，当众人回头的时候，蝶

野力把手伸到了这一带……”

玻璃水槽与台子的连接处有一整排的螺栓。

仔细一瞧后发现，其中一个螺栓的颜色明显不同。

“找到了！这一定就是开关所在的位置。”

真实用手抵住那颗螺栓，用力一压。

结果——

“嗡嗡嗡……”

真实面前的那片玻璃发出细小的声响，往上升起。

“啊！玻璃动了！”健太吓了一跳。

玻璃的下方出现一个奇妙的物体。

那是一道四边形的“小门”。

“果然是这样。”

真实把手放在“小门”上，朝着自己的方向一拉。

“小门”就像玻璃制的小抽屉一样，无声地滑了出来。

“这好像书桌的抽屉。”美希惊奇地说。

“这不只是普通的抽屉。”

真实说完，把手伸了进去。

他的右手竟毫无滞碍地伸进水槽里。

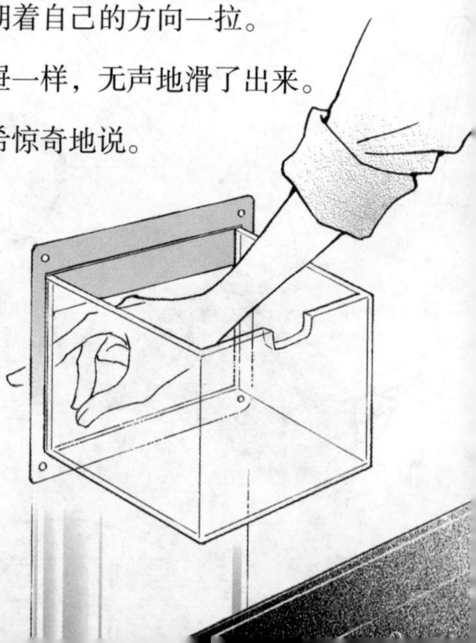

“难不成这是一个抽屉形状的‘洞’！”健太讶异地说。

真实点点头。

“是的，蝶野力的手就是通过这个‘洞’，顺利地伸进水槽里。”

“可是当时水槽里装了那么多水，打开‘抽屉’，里头的水不会流出来吗？”

健太抓了抓脑袋，怎么想都想不通。

“是这么说没错。但是，只要利用某种力量，水就不会流出来。”

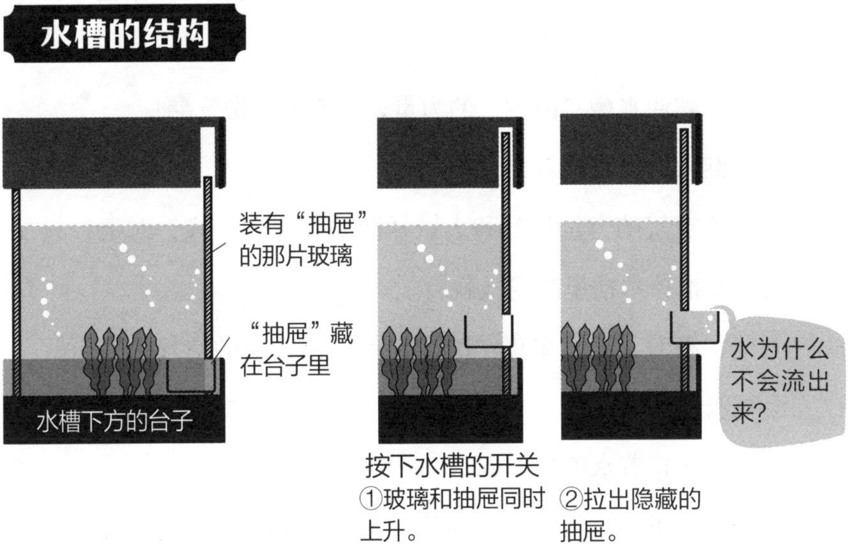

“某种力量？那又是什么？”

真实指了指水槽，继续往下说：“水槽‘内侧’承受了内部的空气压力和水的压力这两种力量；相反，水槽‘外侧’承受的只有空气的力量。”

“你的意思是……因为水槽‘内侧’的力量较强，所以当水槽开了个洞时，水就会流出来。”

美希点头表示理解。

“对！因此如果想要避免水槽里的水流出，只要减弱水槽‘内侧’的力量，让‘内侧’与‘外侧’的力量相互制衡就行了。当水槽内外的压力达到平衡时，即使打开抽屉，水也不会流出来。”

“减弱水槽‘内侧’的力量，这要怎么做？啊！”

健太的双眼散发出光芒。

“空气的力量！就和大铁桶凹陷的原理一样，对吧？只要用泵抽掉水槽里的空气就行了。”

“答对了！只要设法减少水槽‘内侧’的空气，气压就会减弱。”

真实指着水槽的上方。

“那里用铁板遮住，不想让人看见的地方，应该就藏着

什么也不做的话

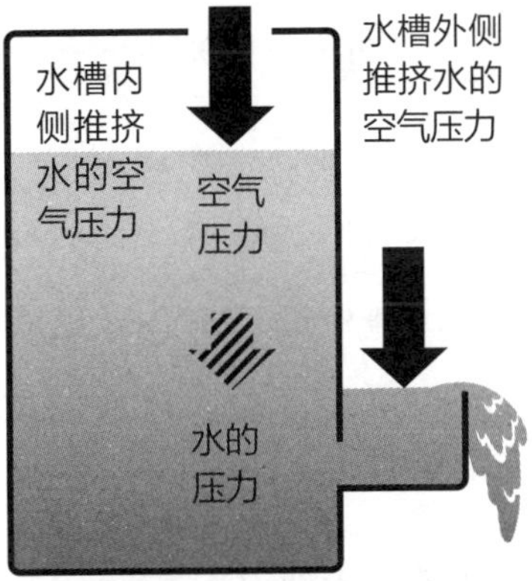

水的压力不变，水槽内侧推挤的力量比较强，水就会向外流出。

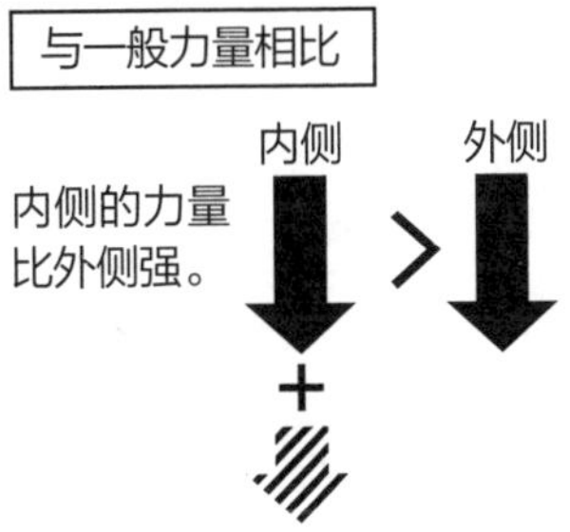

抽出水槽的空气后

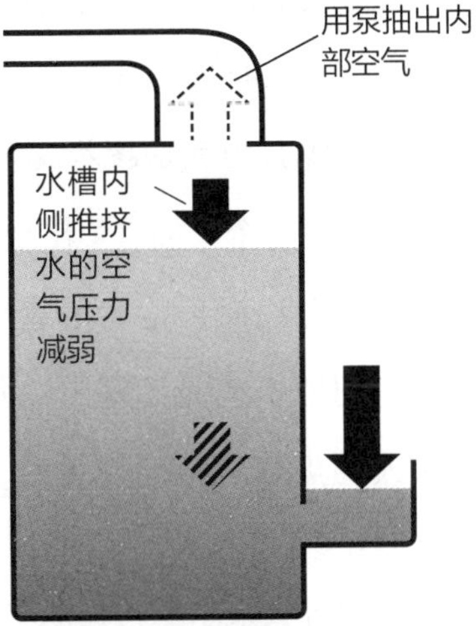

水的压力不变，抽掉水槽内的空气后压力减弱，水槽内外侧的推挤力道势均力敌，水就不会向外流出。

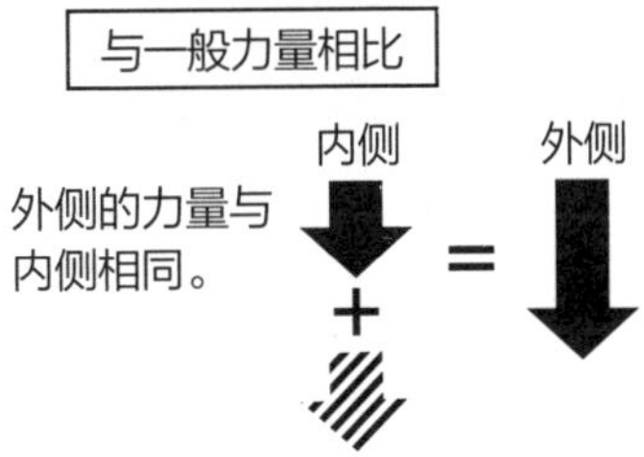

用来抽掉水槽空气的泵。这样就算打开‘抽屉’，水槽里的水也不会流出来。”真实肯定地说。

“原来是这样。”

“蝶野力就是趁着众人听到声响，回头看向别处时按下开关，让这个‘抽屉’出现的吧？”

“对！而且他为了避免让其他人看到‘抽屉’，所以特别用围巾遮掩。蝶野力从水槽拿出海盗船之后，又趁着众人的焦点转移到炸弹时，迅速操作机关，让这片玻璃恢复原状。”

“真是个阴险狡猾的家伙！”美希气愤地说。

这时，天花板的灯光亮起，仓库内响起掌声。

“Bravo！ Bravo！真实的推理真精彩。”

因为光线太过刺眼而眯起眼睛的真实、健太和美希回头一看，蝶野力就站在那里。

“蝶野力？你为什么在这里？”

“我为什么在这里？我还想问你们为什么在这里呢！这里是我叔叔的公司，我接到通知，说是有小偷闯了进来，所以过来看看，是谁那么大胆。”

“你的诡计已经被我们识破了。蝶野力，你还打算继续假装自己有超能力吗？”美希指着水槽说。

“你怎么能确定，这个水槽就是当时的那个水槽呢？”蝶野力故作无奈地叹了一口气。

“任谁看了都知道，这个就是那个水槽！”

“不管怎样，现在说这一切都已经太迟了，有很多人都相信我所拥有的超能力，懂吗？世人追求的，是能够让他们忘记现实的华丽梦想，无聊的道理他们可不想听。无论你们现在说什么、做什么，都没有人愿意相信你们了。”

蝶野力露出无所畏惧的笑容。

“真实啊真实，今后请继续当我的好搭档，替我证明我的超能力，哈哈哈。”

笑声回荡的仓库里，真实始终凝视着蝶野力，没有转开视线。

2

科学解谜

制作“触摸水槽”

侧面开个洞，让手能够伸进去的水槽，称为“触摸水槽”。我们可以运用生活中常见的工具和物品，制作出类似的构造。

挑战做实验

准备材料：塑料瓶（两升装）、热熔胶条、美工刀、水盆。

①用美工刀在距离塑料瓶底部约5厘米处横划一刀。

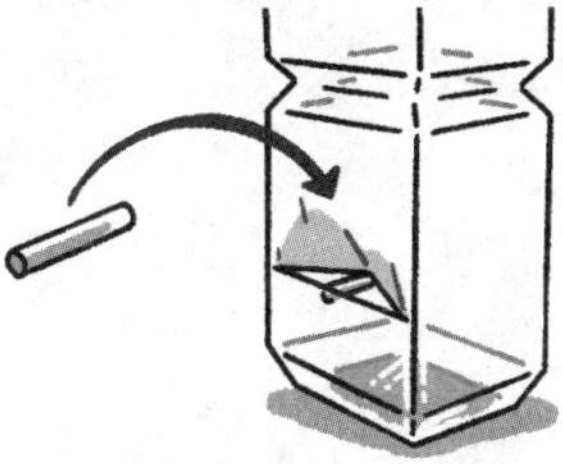

②将刀口上方往内凹，

并用热熔胶条抵住。

A：有些水族馆设有触摸区，可以实际体验。

③把塑料瓶放入水盆装满水，

再盖上瓶盖就完成了。即使塑料瓶开了个洞，水也不会流出来。

※请在成人的陪同下进行实验，使用美工刀和徒手接触塑料瓶切口时，请务必小心，以免受伤。

▶▶

信封透视

事件篇

“蝶野力最新的视频你们看了吗？”

“看了看了！你说的是他让人偶飘浮在半空中吗？那一招未免太厉害了。”

放学后，同学们聚集在教室里热烈讨论。

“蝶野力真是帅呆了！我看我也去加入‘朋友’好了。”

“加入‘朋友’……是不是就可以穿那件黑色T恤？”

“蝶野力说过‘只要修行，人人都可以成为超能力者’，不知道是真是假。”

同学们的话题围绕着蝶野力。

“可是，蝶野力所谓的水槽‘穿墙术’不过就是用了诡计，这件事早就被真实识破了。”原本静静听着众人聊天的健太忍不住插嘴。

“所以呢？”同学们的语气超级冷漠。

“就算碰巧可以用‘科学’来解释，但你也不能否认，蝶野力真的具有超能力吧？”

“对啊！这世上也有科学破解不了的谜团嘛！”

班上同学一边说，一边笑着走出教室。

（你们这些人……明明之前还很称赞真实……）

健太对于这样的情况实在无法坐视不管，他看向正在教室角落看书的真实，那本书的封面写着“人工智能系统”。

（真实一脸不在意，但不知道他心里真正的想法是什么，他的内心一定很受伤……）

健太希望自己能够成为真实的力量。

“不好了！不好了！”

隔壁班的美希突然冲进教室。

“蝶野力在自己的‘线上沙龙’进行‘预知未来咨询’。”

“预知未来咨询？那是什么？”

“算是一种占卜吧，反正不是普通的占卜。咨询者先把烦恼写在纸上然后放进信封，蝶野力不用打开信封，就能‘透视’，读出其中的内容并回答问题。”

“透视？”

“不直接说出烦恼，而是特地把烦恼写下来装进信封，然后再由蝶野力说中内容，怎么想都不合理。真实、健太，我们来揭穿那家伙的诡计，反败为胜！”

“对！我赞成。”健太大力点头表示同意。

然而，真实却说：“今天不行。”

语毕，真实开始收拾东西，准备回家。

“我有点事想要调查一下。”

真实转身离开教室。

“真实好像一直在调查滨老家格局被猜中的原因。”美希说。

“他果然还是很在意之前在电视上输掉的那件事……”健太的语气中有点不舍。

“既然这样，健太，我们一起去蝶野力的住处找出真相吧！这么做也是为了挽回真实的声誉。”

听到美希这么说，健太感到有些不安。

但他还是紧握拳头，坚定地回应：“好！”

蝶野力就住在隔壁城镇郊外的一栋大宅院里。

健太和美希穿过蝴蝶飞舞的偌大庭院，来到玄关大门。

看到眼前这犹如欧洲王公贵族宅第的外观，两人惊讶得说不出话。

“叮咚！”

美希迟疑了一会儿才按下门铃。

出来应门的是一个少年，他穿着一件上面有着金字塔图案和“力”字样的黑色“朋友”T恤。

“你们也是来向蝶野力大师请教未来的吗？那么，请先在纸上写下你们的烦恼，再装进信封里粘贴起来。”

少年把纸、信封和签字笔递给健太与美希。

“看起来没什么异状，这好像只是普通的纸、信封和签字笔。”

“嗯，信封也没办法透光看到里面。”

美希和健太详细检查拿到的物品并小声讨论着。

他们快速地在纸上写下各自的烦恼，装进信封后仔仔细细地粘牢封好。

“跟我来！蝶野力大师他人在地下室。”

少年领着两人，走向通往地下室的楼梯。

健太和美希小心谨慎地走下楼梯，打开大门的瞬间——

“哇！”两人忍不住惊叹。

门后是个类似温室的空间，没有窗户，人工照明将室内照得如白天一样明亮。

室内和一间小型音乐厅差不多大，中央有座凉亭，再往里面走还有座瀑布，瀑布的两侧挂有画作。

凉亭的四周绽放着一整片色彩缤纷的美丽花朵。

“欢迎来到我的沙龙！你们是真实的朋友——宫下健太和青井美希，对吧？”

蝶野力朝两人招手，招呼他们在凉亭坐下。

接着，蝶野力拿出一个纸管。

“这可没有机关，只是普通的纸管。为了慎重起见，你们要不要检查一下？”

健太和美希接过纸管，看了看后说：“这该不会……”

“没错！这是保鲜膜中间的芯。只要我施展念力，它就会变成能够‘透视’一切的魔管。你们张大眼睛，认真看！”

蝶野力朝纸管前端，伸出戴着金字塔标志戒指的左手。

“解放无限力量！”

蝶野力全心将意念灌注其中。

“这样就行了。这个纸管已成为能够‘透视’的魔管。你们手上的那个信封，可以借我看看吗？”

健太和美希把信封交给蝶野力。

蝶野力用纸管抵住信封，再凑近纸管，看向洞内。

“原来如此……我看到了！健太，你的烦恼是家人不愿意买智能手机给你，对吧？”

“咦？你怎么会知道？”

“你看到朋友们都有智能手机，所以也想拥有。”

“是……是那样没错。”

“于是你拜托妈妈买给你，但是妈妈说‘你这个年纪用智能手机还太早’，所以拒绝了你。”

“好厉害！全被你说中了。”

“别担心！总有一天，你会拥有智能手机的。”

“哇！太好了！”

被蝶野力说中心事的健太一方面讶异，另一方面也感到十分开心。

“接下来是美希。你的烦恼是……最近没有独家新闻。”

“怎么会……”

眼看蝶野力一下子就说出自己的烦恼，原本做好心理准备的美希双眼睁大，说不出话来。

“原来你是为了取得独家新闻才来到这里。我是无所谓啦！那么，我就提供给你一个不曾公开的独家消息吧！”

美希因为蝶野力的这番话完全上钩了。

沙龙尽头，顺着墙壁流下的瀑布右侧，挂着一幅画满花朵的画作，左侧的画作中则有一栋耸立在湖畔的城堡。

两幅水彩般的作品淡雅美丽，但是画中留有部分空白，感觉有点煞风景。

蝶野力指着右边那幅满是花朵的绘画，说：“为了让这幅画更加美丽，我现在要把某个东西‘念写*’进去。”

“念写？”

健太和美希一头雾水。

“我姓‘蝶野’，所以我非常喜欢蝴蝶。”

蝶野力伸出左手，掌心朝向墙上的画作。

“解放无限力量！”

结果——

这是怎么一回事？

画里凭空出现七只蝴蝶，在花丛间翩然飞舞。

“太厉害了！你是怎么办到的？”健太止不住地惊讶。

“怎么办到的？当然是用我的超能力啊！而且这不只是普通的‘念写’，我是把真正的、活生生的蝴蝶关进了画里。”

“骗人……这怎么可能？”美希半信半疑，依旧不敢相信眼前看到的景象。

“请问，这几只蝴蝶该不会是……刚才在庭院里飞舞的那群？”健太吞吞吐吐地说。

“答对了！”

---

* 念写指将心中的想法或概念变成画面，显现在照片或纸上的“超能力”。

“你竟然把蝴蝶关进画里，这样它们太可怜了！”

“健太，你真是善良。好！既然你这么说，我就顺你的意，把它们放出来。”

蝶野力将左手掌心朝向画作，再度灌注念力。

下一秒，蝴蝶瞬间从画里消失！

健太和美希回头一看，真正的蝴蝶们尽情地在沙龙里飞舞。

“是刚刚的那群蝴蝶！”

“这群……真的是从画里放出来的蝴蝶？”

“呵，这点小事不算什么。我劝你们最好别想用科学来解析我的超能力，这不过是浪费时间。只要我‘想’，让你们一个、两个消失在这个世界上，也不是什么难事。美希，这个独家不错吧？”

听了蝶野力狂妄的发言，健太顿时感到毛骨悚然，美希同样错愕到无法响应。

星期一一早，美希的同班同学田中悠子在上学途中拦下健太。

“健太，我可以问你一件事吗？美希她……是不是也成为蝶野力的‘朋友’了？”

“蝶野力的‘朋友’？你这话是什么意思？”

“你看这个……”

悠子从背包里偷偷拿出学校禁止携带的智能手机，点了点屏幕给健太看。

画面上正在播放蝶野力的最新视频。

“每个人都拥有无限力量，不是只有念书和运动才是一切。来吧！现在正是你觉醒的时候。打开心之眼，逃离无聊的日常生活。”蝶野力对着摄影机大声呼吁。

“好！”

站在蝶野力身后，那一群穿着同款黑色 T 恤的“朋友”，举起手臂出声附和。

惊人的是，美希也站在其中。

“不会吧……”

健太大受打击。

“美希明明说过要帮真实查出真相，现在却……”

“我不相信美希会背叛真实……”

暗恋真实的悠子似乎也深受打击。

力
CHIKARA

“真实，无论发生什么事，我都挺你！”

一到教室，健太立刻充满气势地冲到真实面前。

“你突然这样做什么？发生什么事了？”

“呃……啊！没事啦！”看到真实的反应，健太一时说不上话。

（我实在没有勇气告诉真实，美希竟然变成“朋友”了……）

（不管怎么样，我都支持真实。但蝶野力的超能力好像是真的。）

美希加入“朋友”这件事，健太决定瞒着真实。

他只提到蝶野力在沙龙表演“信封透视”和“蝴蝶念写”的事。

真实笑了笑，说：“这全都是诡计。首先是‘透视’，只要运用像是保鲜膜的芯这类的管状物来看信封，人人都可以看到里面的内容。”

“咦？”健太没想到真实会这样回答。

“信封里的文字即使隐约可见，也会因为受到信封表面反射的光所干扰，所以不容易被看见。但是，如果利用纸管挡住这些反射的光，减少光的干扰，便可以清楚看到信封内的文字。假如你不信，我们可以实验看看。”真实的语气平淡但带有自信。

健太马上拿一张白纸，在上面随意地写了几个字后放进信封。接着，他拿了个纸管抵住信封，再对着洞口看。

果真如真实所说，不是蝶野力，也能看到信封里的文字。

“真的！这下子我也有超能力了。”

“你明白了吧？所有谜团都能够用科学来解释。”

“可是，蝶野力后来也说中了我没有写在纸上的事，那又是怎么一回事？”

“有一种心理作用称为‘巴纳姆效应’*，指的是一些套用在任何人身上都合理的一般性内容，无论听到的是谁，当下都会觉得‘噢！他是在说我’。这也是占卜师常用的一种手法。”

健太这才回想起蝶野力对自己所说的那些话，套用在任何一个父母亲不答应买智能手机的小学生身上都适用。

“至于画中的蝴蝶在眼前出现又消失之谜，我还无法断

---

* “希望受人喜爱”“认为自己的能力没有充分发挥”等可以套用在任何人身上的说辞，如果出现在心理测验或占卜结果中，通常大家会很容易地认为自己的情况被说中了，这种现象就称为“巴纳姆效应”。一九四九年美国心理学家福勒经过实验，证实这项理论。

一般状态

信封背面透出来的光受到信封表面反射的光干扰，所以看不清信封内的字。

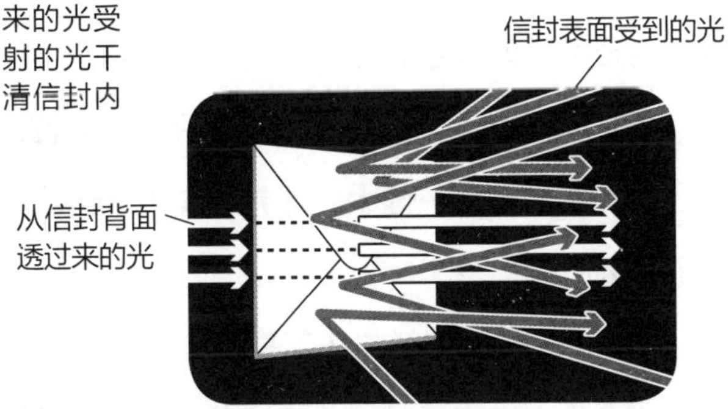

透过纸管

纸管挡住信封表面反射的光，信封背面透出的光不受干扰，就能看到信封内的字。

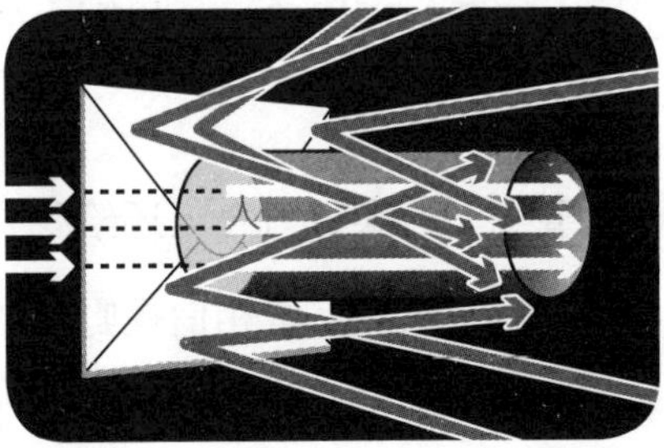

定其中的秘密。不过，我推测真正的蝴蝶出现，有可能是原本先将蝴蝶藏在某处，算准时机再把它们放出来。不管怎么说，我相信这些都是非常基本的理论，并不是什么超能力。”

“不愧是真实！果然问你就对了。”健太的脸上绽放出笑容。

“美希，蝶野力的超能力不是真的！”

健太跑去找美希，告诉她真实已经破解了“透视”的手法，希望美希不要再执迷不悟。

可是，穿着那件“朋友”才有的黑色 T 恤的美希反驳健太：“既然如此……健太，那幅蝴蝶飞舞画作中的‘念写’又是怎么回事？”

“那个……真实说他还不是很确定……”

“再说，你忘了吗？关于滨老家格局的谜团，真实不也是还没有解开？所以我说，蝶野力的超能力是真的！”

“你怎么……”

“事实上，蝶野力今天还给我看了更厉害的东西。”

看来美希已经完全相信蝶野力的超能力。

“健太，不如你找真实和我一起去沙龙，去了你们就知道，蝶野力有多么了不起。”

但是，美希和健太却遍寻不着真实，他似乎已经离开学校了。

“太可惜了，真想让真实再次目睹蝶野力的超能力。不过，这也没办法。健太，只好我们两个自己去了。”

健太和美希再度前往蝶野力设在自己家的沙龙。

沙龙里还是和上次一样繁花盛开，蝴蝶飞舞。

沙龙尽头的瀑布两侧，依旧挂着那两幅画：右侧是只有花朵的画作，左侧则是一栋耸立在湖畔的城堡的画作。

“你们来啦！”蝶野力满脸笑容地欢迎他们。

“没能看到真实大驾光临，真是遗憾。等一下我可是会让你们见识我不轻易对外表演的超能力。”蝶野力指着瀑布左侧的那幅城堡画。

“这一次，我要对这幅画进行‘念写’，而我要‘念写’的东西则是……你们其中一人。”

健太毫无心理准备，惊恐地询问蝶野力：“我有听错吗？你说过你的‘念写’是把实际存在的生物，透过念力关进画里，对吧？”

“没错！所以关进画里的瞬间，你们两人的其中一人，就会从这个世界上消失。”

“什么！”健太浑身发抖大叫出声。

但是，蝶野力丝毫不理会健太的反应，他勾起嘴角，唇边带着诡异的笑容，慢慢走近那幅画有城堡的画作。

“那么，我现在就来进行‘念写’吧！请看清楚这幅画，等一会儿显现在画上、从这个世界消失的人，是健太，还是美希呢？”

蝶野力笑了笑，伸出掌心对着画作。

“喂！你是开玩笑的吧……拜托，别……”

“解放无限力量！”

蝶野力专心灌注念力的瞬间，健太眼前出现令人不可置信的景象。

庭院里飞舞的蝴蝶片刻全集中到画前。

“这……”

健太揉了揉眼睛，还是不敢相信。

那幅城堡画作里，居然浮现美希的身影。

“美……美希！”

健太转头看向四周，美希真的不见了！

健太找遍凉亭里里外外，不放过沙龙里的任何一个角落，却都没有看到美希。

“怎么会这样……美希消失了……”

健太慌张得不知如何是好。

“正如你所见到的，我把美希关进了画里。她已经从这个世界上消失，你再也见不到她了，哈哈哈。”

健太无能为力地愣在原地。

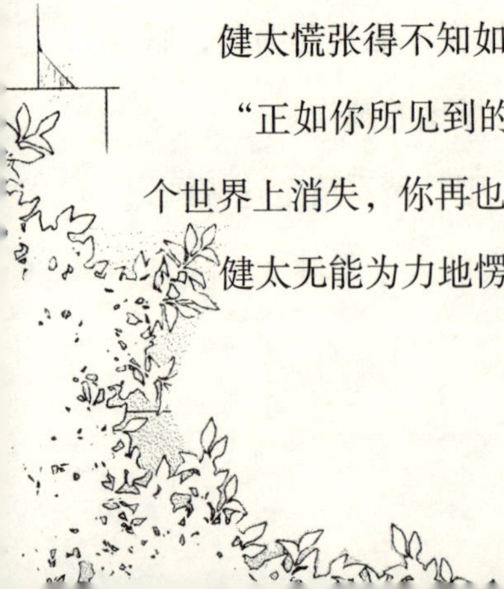

力

“美希不是蝶野力……你的‘朋友’吗？你为什么要这样做？”健太不解地问。

“正因为是‘朋友’啊！只要放进画里，什么时候想见面就能够马上见到，不是吗？”

“不可以！你太过分了。现在、立刻！把美希从画里放出来。”健太哽咽地大喊着，走向蝶野力，“美希对我来说是很重要的朋友，拜托你！快放她出来！”

蝶野力露出不怀好意的笑容。

“很好！健太，你是一个会替朋友着想的好人，我也想拥有这样的朋友，你想和我当朋友吗？”

“朋友吗？当然好啊！我很乐意成为你的朋友。”

“真的吗？太令人感动了！那么，在今天结束前，你愿意和真实绝交吗？”

“绝交？”

蝶野力突如其来的要求，让健太摸不着头绪。

“为什么要我和真实绝交……我……”

“办不到就算了。我给你一点时间好好考虑清楚，看你是要抛弃美希，还是要和真实绝交。”

蝶野力锐利的眼神紧盯着健太。

（这……要我怎么选择？）

苦无对策下，健太只能先离开蝶野力的沙龙，独自一人漫无目的、失神地在路上闲晃。

（如果不和真实绝交，美希她……）

健太的脑海中浮现出美希被关在画里的样子。

（我到底该怎么做才好？怎么办……）

“健太。”

一个熟悉的声音叫住健太。

“咦？”

健太停下脚步，抬头一看，只见真实从马路的另一头朝他走来。

“真……真实！”

真实的出现，让健太犹如看到了希望。

“健太，怎么了？”

真实一脸担忧地看着健太那非比寻常的表情。

真实眼镜后侧的那双眼睛，总是让人如此安心，健太差点就要哭出来了，他连忙低下头。

“真实……我……我已经无法再和你当朋友了……我必

须、必须和你绝交！”

“我不懂你这句话的意思。”

“再会了，真实……”

眼看泪水就要夺眶而出，健太拔腿加速，飞快地跑离现场。

“健太，等一下！”

真实赶紧追了上去。

跑了一小段路后，真实终于拦下健太，对他说：“健太，你冷静点！把话说清楚。”

“真实，对不起……我真的不想和你绝交，可是如果我们继续当朋友，美希她……就会永远被关在画里……”

健太强忍住泪水，吸了吸鼻子别过头，不敢看向真实，娓娓道出事情发生的经过。

没想到真实听完后，竟然露出微笑。

“别担心！美希是不可能被关在画里的。蝶野力所谓的‘念写’，不过是个诡计。”

“诡计？”

健太稍稍平复了心情，但还是不清楚真实话中的意思。

“只是有一件事我必须确认一下。健太，美希被‘念写’到画里时，四周有没有什么奇怪的事发生？”

“奇怪的事吗？”

健太试着回想当时的状况。

“这么一说……庭院里的蝴蝶的确有点奇怪。”

“怎么说？”

“那个时候，蝴蝶群突然聚集在画前的花丛。”

“原来如此，这下子全都清楚了。多亏有健太的观察，我可以百分之百确定了。”

真实伸出食指，推了推眼镜。

“这世上没有科学解不开的谜团，‘念写’之谜全解开了。蝶野力使用了某种会产生反应的墨水，让美希的身影浮现在画里。提示就在健太你刚才说过的话中。”

▶▶
解谜篇

健太带真实一同前往蝶野力的沙龙。

装饰在沙龙瀑布旁的那幅城堡画作里，还是一样有着美希的身影。

画作前盛开的花朵四周，聚集着大量的蝴蝶。

“哎呀，这不是真实吗？你愿意来我的沙龙，真是荣幸！”

带着微笑的蝶野力看向健太。

“你带真实过来，也就是说，你选择不和他绝交，是吧？那么，美希将永远无法离开那幅画喽！”

“才不会！”健太的语气强硬又坚定，自己都吓了一跳。

真实对健太点点头，然后面对蝶野力。

“我全都看穿了，可以放了美希吗？”

“哦？你还真有自信呢！”

“你只是利用科学的力量罢了。多亏有健太的观察，我已经解开所有的谜团。”

真实弯下腰，轻轻拨开画前蝴蝶聚集的花丛，草地上露出一盏朝画照射的灯。

“你就是利用这盏灯，制造出‘念写’的诡计吧？”

“诡计？真实，你倒是说说看，我用了什么诡计。”

“你还是不愿意承认吗？没关系，让我来重现你的手法，让你心服口服。首先，看我把美希从这幅画里放出来。”

真实从怀中取出一块围巾大小的黑布，盖住地上的那盏灯。

美希的身影顿时从画中消失。

“美希不见了？这到底是怎么一回事？”

“现在惊讶还太早。”真实对满脸都是疑问的健太说，“接下来，看我运用‘念写’，让美希再次出现在画里。”

真实利落地掀开盖住灯的黑布。

果然如真实所说，美希的身影再度显现在画中。

“太神奇了吧！这简直和魔法一样。真实，那块布究竟是什么神奇的布？”

“这是一块能够阻断紫外线的布。”

“紫外线？”

“紫外线是一种人类眼睛看不到的光。画中美希的身影，是用某种会对紫外线产生反应的墨水 * 画上去的。所谓产生反应，就是会出现颜色或是消失不见。而装设在画前的这盏灯，则会投射出紫外线。”

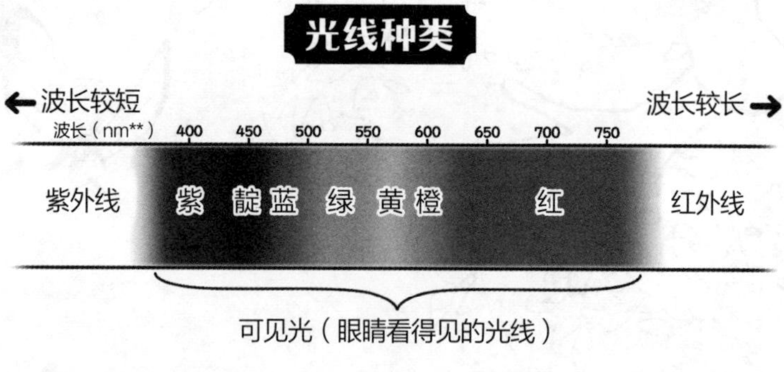

---

* 对紫外线会产生反应的墨水称为“UV 墨水”，一般常见的有两款：一种为影印用，照射紫外线后会瞬间硬化并附着在玻璃或金属等材质上；另一种则需照射紫外线后才会显影，又称为“隐形墨水”，本文所述即为此款。

** nm = 纳米。长度单位。1 纳米 =0.000000001 米。

“原来是这样。因为紫外线，蝴蝶才会聚集过来。”

“嗯，有些昆虫会受到紫外线吸引。”

身为昆虫迷的健太点点头。

“设置在沙龙里的其他照明，全都不会产生紫外线，除了装设在这两幅画前的两盏灯。”真实继续往下说，“这边这幅画，事先使用了会对紫外线产生反应的墨水画上美希的样子，只要开启画前的灯光，墨水对紫外线产生反应，就会显现出美希的身影；而灯一关掉，画中的美希也会跟着消失。”

真实看向蝶野力：“这就是所谓‘念写’的真相，我没说错吧？”

“呵呵，是吗？谜野真实果然不容小觑，洞察力真是惊人。可是你想想，美希出现在画里的同时，真正的美希也消失了。这件事你要怎么解释？”

“那同样是你设下的圈套。健太，美希消失前站在哪里？你还有印象吗？”

“我记得应该是……那附近吧。”健太指向凉亭左侧的墙边。

“原来如此……站在那边吗？”

真实来到健太说的地方，用力推了推墙壁。

画中的诡计

事先使用会对紫外线产生反应的墨水在画中画上图案。

墙壁的一部分像旋转门一样开启，出现一条通往隔壁房间的通道。

“这面墙会翻转。美希并没有不见，而是从这里走到隔壁房间躲起来了。”

“咦？所以说，是美希帮忙蝶野力完成他的诡计吗？”

话虽如此，健太仍是不愿意相信。

“美希恐怕不知道这一切都是他的阴谋。蝶野力用计说服美希，要她在自己灌注念力时，推开墙上的暗门离开……”

听到这番话，蝶野力大声地笑了出来：“哈哈哈，那个女生实在很老实。我对她说，需要她的帮忙来突显我的超能力，她马上就答应了，很配合地在绝佳的时间点推开暗门。”

“蝶野力，你实在是太过分了！一旦被美希知道真相，她一定会非常生气。她常说这种谎言违反她身为记者的原则！”

“那又如何？”蝶野力的态度十分轻蔑。

“你这是什么意思？”

“美希应该就在那面墙后听着我们的对话，但她却没有出现在你们面前，这样你们懂了吧？”

“……”健太无法反驳，忍不住看向那面墙。

“人只会看到自己想看的东西。比起你们宣扬的无聊现实，她选择了我，让她看见美梦。”

（不会吧……美希，为什么……）

健太心中产生了无数疑问。

3

科学解谜

Q：还有其他生物能够看见紫外线吗？

昆虫眼睛的秘密

昆虫和人类看得见的光，波长范围不同。昆虫可以看见的紫外线，人类看不见；相反的，人类可以看见并分辨出黄色和红色，昆虫却看不见。

昆虫与人类看到光线的范围不同

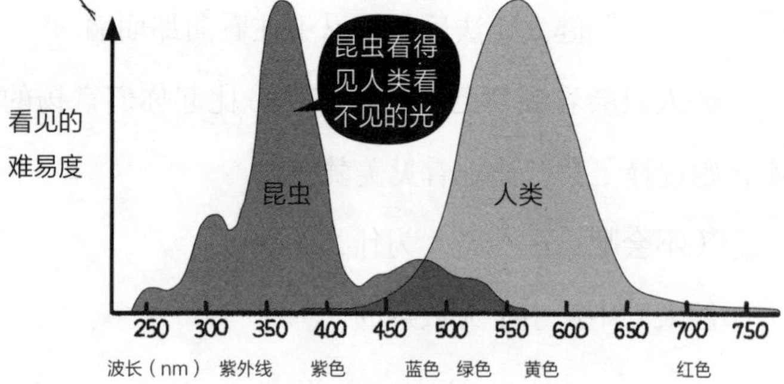

花会强调花蜜的位置!

为了吸引前来采蜜的昆虫帮忙授粉，花蜜的位置会特别醒目，让昆虫容易看见。

昆虫看到的样子。

看不见紫外线的人类看到的样子。

A：爬虫类和鸟类据说也能看见紫外线。

雄和雌的颜色不一样!

在昆虫眼里，雄白粉蝶和雌白粉蝶的颜色不一样，所以雄蝶可以很容易地找到雌蝶。

昆虫看到的样子。

在人类眼中，看起来都是一样的颜色。

超能力少年❹

▶▶

空中飘浮

事件篇

“好紧张啊！”

电视台的休息室里，健太来回踱步，没办法静下心来。

真实接受蝶野力的挑战，再次参与电视节目的演出，两人即将二度对决。

健太陪着真实，等待节目正式录像。

“你紧张什么？要上台录像的人是我。”真实苦笑着说。

“也是啦……”

健太待会儿只能坐在观众席上，观看真实与蝶野力的对决。

虽然是这样，但健太从刚刚开始就坐立不安。

而且，还有一件令他挂心的事。

（美希果然没来……可是如果她来了，一定也是站在蝶野力那边替他加油吧……）

自从在蝶野力的沙龙发生那件事之后，健太在学校里就再也没见过美希。

（假如真实看到美希声援蝶野力的话……或许会因为受到打击而输掉对决。）

健太的内心就快要被不安撕裂。

（而且，蝶野力上次到底是为什么会猜对滨老家的格

局？这件事也还没有答案……）

看到健太一脸忧心的样子，真实一派轻松地说：“好了！等一下就要正式录像了，健太，你最好先去观众席找滨田老师。”

这次仍是滨老陪他们来录像，而滨老早就在观众席上坐好。

“可是……”健太不想让真实自己一个人留在这里。

真实大概是察觉到健太的想法，露出微笑说：“别担心！我不会再输了。”

“真实……”看来退缩害怕的似乎只有健太。

“嗯，这世上没有真实破解不了的谜团。”健太用力地点点头。

“哎呀，都是因为蝶野力大师坚持要再请你来上节目……”

正式录像的前几分钟，真实跟着制作人轻井平太走在走廊上，朝摄影棚前进。

“以我们的立场来说，在上次的节目中你已经输过一次，实在没道理再找你来上节目……”

“是吗？”

“可是，蝶野力大师为你准备了‘特别单元’。所以，就麻烦你帮忙炒热气氛喽！”平太轻蔑地笑着，拍了拍真实的肩膀。

他们终于来到摄影棚，平太推开厚重的大门，催促真实快点进去。

真实直视前方，不疾不徐地踏进摄影棚。

“接下来是特别单元——‘挑战蝶野力大师！’。即将与大师对决的对手，是之前也曾经登场的科学侦探谜野真实。各位一定很期待吧？谜野真实这次是否能反败为胜呢？”

在主持人的介绍下，真实走上舞台。

与上次的节目不同，这次既没有音乐也没有聚光灯，连掌声都稀稀落落。

观众席上，一群蝶野力的“朋友”冷眼看向真实。

就在这时——

“真实！加油。”健太在观众席上大喊。

健太的这声助阵，却惹来周遭“朋友”们的阵阵讪笑。

“健太，大家好像都在笑你。”

坐在健太旁的滨老似乎很介意那些“朋友”的存在，不

是很想待在这里。

但是健太毫不在乎，再次高喊“加油”声援真实。

“哎呀，你的朋友真努力为你加油。真实，这下子你无论如何都不能输给蝶野力了。”

主持人转头看向摄影机。“那么，接下来有请奇迹英雄、超能力少年蝶野力出场。”

华丽的古典乐响起，聚光灯照向舞台正中央。

在聚光灯的照射下，蝶野力翩然登场。

观众席响起热烈的掌声与欢呼声。

蝶野力傲气地挥手响应，缓步走到真实面前。

“嗨，真实。很高兴我们又能够再次对决。嗯，不过我会像上次一样，让你知道我的超能力并非诡计，更不是造假。”蝶野力从容不迫、语气温柔地对真实挑衅。

这让健太感到气愤，但舞台上的真实反倒很冷静。

“蝶野力大师，这次你要展现什么样的超能力呢？”主持人说。

“别着急，这次要展现超能力的人，不是我。”

蝶野力看向装设在摄影棚中央的巨型屏幕。

紧接着，屏幕出现画面。

“各位久等了！”屏幕上是穿着黑色 T 恤的五名小学生。

“是‘朋友’！”

健太以为美希也在其中，仔细看了看，却没看到美希。

另一方面，蝶野力露出无所畏惧的笑容，看向真实。

“他们是最热衷于参加沙龙活动的‘朋友’，在我的指导下，他们已经能够恣意解放潜藏的力量，使用超能力。对！他们要表演的就是‘空中飘浮’。”

“空中飘浮？”

棚内的观众们发出惊呼。

“真实，我要让你深刻地明白‘超能力是人人都具备的力量’。他们现在待在另一个房间里提高专注力，各位，准备好了吗？”蝶野力隔着屏幕对五位“朋友”说。

“朋友”们异口同声地回答：“好了！”

“Bravo！ Bravo！”

蝶野力看着屏幕上的“朋友”们展开双臂：“每个人，无论是谁，都拥有无限的神奇力量！”

“朋友”们复诵蝶野力的话：“每个人，无论是谁，都拥有无限的神奇力量！”

“很好！开始。”

蝶野力打了一个响指。

屏幕上的“朋友”们站在墙壁前，彼此间空出固定的间距站立。

摄影机的画面逐渐拉远，可以清楚地看见整个房间。

房间墙面呈现圆弧形，空间看起来有点窄，“朋友”们的背全都靠在墙上。

蝶野力抬头向上，屏幕上的“朋友”们也跟着抬头。

刚才还很热闹的观众席此刻也安静下来，静静等待蝶野力的表演。

真实目不转睛地盯着屏幕。

“各位，朝自由的天空振翅翱翔吧！”

“好！”

蝶野力伸出手，将掌心朝向屏幕。

“解放无限力量！”

“朋友”们维持着背靠墙壁的姿势，集中意识。

下一秒，惊人的事发生了——

“朋友”们的脚离开地面，身体缓缓往上飘。

“哇啊！”

“真的、真的飞起来了！”

“朋友”们开心地大叫，慢慢地越飘越高，越飘越高。

“我们有超能力了！”

“太好了！成功了！”

“朋友”们个个兴奋不已。

“你们看，我还能倒立。”

屏幕里，一个高个子的男孩试着做出头下脚上的姿势。

“很好！感觉不错。我来助你们一臂之力。”

蝶野力一边看着那个高个子男孩，一边将掌心贴上屏幕。

原本仅是飘浮着的男孩，他的身体彻底地上下颠倒。

力
CHIKARA

“哦哦哦！”

其他“朋友”们纷纷摆出自己想要的姿势。

蝶野力的掌心贴着屏幕，笑着说：“Bravo！”

“怎么会……”

滨老瞠目结舌，不知道该做什么反应。

“这怎么可能……”

健太尽管感到愕然，仍是看向真实。

真实一句话也没说，依旧冷静地看着屏幕。

“好了！享受够了吧？各位，要降落地面喽！”

蝶野力轻轻地把手放下，打了个信号。

“朋友”们慢慢地降落地面，双脚着地。

他们的背不再紧贴着墙壁，所有人的脸上都带着笑容。

“沉睡在我们体内的力量已经被唤醒了！”

“哇！我们变成和蝶野力一样的超能力者了！”

“朋友”们欢欣鼓舞地手拉着手，完全克制不了心中的激动。

但是不晓得为什么，“朋友”们走起路来摇摇晃晃，全都无法好好站立。

“各位，小心点，晃动得太厉害可是会跌倒的哟！因为你们刚才用掉了不少力量。”

“我想起来了，蝶野力大师曾说过，第一次使用超能力后，整个人会变得轻飘飘的，原来就是这样。”

“没错！”蝶野力应了一声，接着看向摄影机，“电视机前的各位，你们都亲眼看见了吗？只要经过训练，人人都可以和他们一样，拥有了不起的力量。”

“这……实在是太惊人了！真可以说是奇迹啊！”

主持人夸张地应和，摄影棚内同时响起掌声和欢呼声。

“真不可思议……”

此时的健太几乎和大家一样，相信超能力就在眼前出现，但是他立刻回过神并大力摇头，然后看向真实。

真实的手抵着唇边，似乎在思索什么。

“大师就是大师！刚刚的表演看起来的确是真正的超能力吧？”主持人说。

“嗯，很有意思的现象。”真实说。

“你的意思是……那不是运用科学造假？”

“哦哦哦！”听到真实的回应，观众们的欢呼声越来越大。

“怎么会？真实……”健太顿时不晓得该说什么才好。

“各位，真实似乎也认同了蝶野力的力量就是超能力！”

主持人说完，对着摄影机，准备再次宣布蝶野力的胜利。

真实突然开口：“不！我只是说这个现象很有意思，并不是认同这一切是由超能力所造成。首先，请让我过去，查看那个房间。”

真实指着屏幕上的房间。

蝶野力微笑着摇摇头。

“很遗憾，这我没办法做到。那个房间在距离这里很远的地方。”

“是吗？那么，我有几个问题想要请教。”

“什么问题？真实，你也想成为‘朋友’的一员吗？”

“我想问的对象是他们，不是你。”

真实看向屏幕上的“朋友”们。

“有问题想要问我们？”

“你还在怀疑吗？我们的超能力可是真的！”高个子的男孩边说边往前走，瞪向屏幕另一头的真实。

真实不理会“朋友”们的敌意，直接发问：“请问蝶野力对你们下了什么样的指示？”

“蝶野力大师说：‘只要集中意识，就能够飘到空中。’

你不也看到了吗？我们真的飘在半空，不就和蝶野力大师说的一样吗？”高个子男孩说。

站在后方的短发女孩插嘴说：“是啊！他才没有对我们下什么指示呢！因为我们的能力还不够纯熟，为了安全着想，他建议我们将背紧贴着墙壁，只有这样而已。”

听到两人这么说，其他“朋友”也跟着点头。

“原来如此。”真实继续往下问，“你们实际飘到空中之后，有什么感觉？可以具体说明一下吗？”

“感觉吗？当然就是感觉自己飞上天啦！”

“没错！还有……该怎么说呢？好像背后有人拉着，我想这就是飘浮空中的感觉吧！”

“背后有人拉着……”真实喃喃自语，不断重复着这句话。

高个子男孩和短发女孩露出不悦的表情。

“我不知道你在怀疑什么，可是已经够了吧？”

“是啊！我们第一次使用超能力，觉得很累，现在头还很晕呢！”

“头晕？”

真实露出笑容。

“果然是这样。”

“你发现什么了吗？”主持人问。

“他们的确飘上了空中，但那不是超能力造成的。”

“什么意思？”

“他们是因为待在那个房间里，才有办法飘到空中。”

“什么？”

摄影棚内的观众们大声惊呼。

“哎呀，各位观众，出大事了！真实似乎看穿蝶野力的超能力之谜了。”主持人说。

观众们交头接耳地讨论着。

主持人兴奋地看向真实，问道：“那么，真实，你能为我们说明这是怎么一回事吗？”

原本待在观众席最后面的制作人平太赶紧跑到最前排，在提词板上写下“真实，看镜头！”后转向真实。

真实叹了口气，无奈地看向镜头。

“我一开始就觉得有点奇怪，为什么不让那些‘朋友’们直接在我面前表演？”

“难道不是因为待在另外一个房间，比较能够提高专注力吗？”

“蝶野力的确这样说过。但之前他都是直接在我面前展现所谓的超能力。”

“嗯，没错。”

观众席上的健太认同地点点头。

“可是，这次蝶野力却只让我隔着屏幕观看超能力表演。这到底是为什么？”

“因为那些‘朋友’很紧张吧？”

“因为紧张，所以没有把我叫去那个房间，我认为这个解释没什么说服力。”

“为什么这么说？”

“各位看看那个房间的形状就会明白。刚才的超能力，只能够在那个房间里施展。也就是说，那个房间里有两个机关。”

“机关？你是在否定我的‘朋友’们努力培养的超能力吗？”蝶野力沉不住气地大声咆哮。

“对啊！你这话是什么意思？”

屏幕上的“朋友”们因为真实出乎意料的这番话而感到气愤。

真实走近蝶野力。

“第一个机关是会下降的地板。地板往下降，便使得‘朋友’们看起来像是飘浮在空中。”

“地板？”

“对！那个房间的墙壁上有个小污渍，那个污渍在‘朋友’们飘起来时，也一起往上升了。”

“污渍！你是因此而推测地板下降了吗？”主持人反问。

不等真实回答，蝶野力马上

反驳："就算地板下降了，'朋友'们还是飘浮在空中啊！这点你要怎么解释？"

若是地板真的下降了，"朋友"们也应该跟着往下跌吧？

坐在观众席的健太突然站起身大喊："我懂了！是磁铁。'朋友'们是被磁铁吸在墙壁上。"

"健太，你在说什么？"滨老问。

"我们不是常用两个磁铁夹着垫板玩吗？只要移动下方的磁铁，上方的磁铁就会跟着移动。'朋友'们的背紧贴在墙上，一定就是因为墙壁里有磁铁，牢牢吸住他们背后装的强力磁铁。"

"原来是这样。只要移动墙壁后面的磁铁，'朋友'们就会像是飘浮一样，浮在半空中！"滨老似乎也同意健太的推理。

然而，高个子男孩马上高声驳斥："我们身上才没有什么磁铁！"

他掀开黑色T恤，强调身上没有任何机关。

"怎么会这样……"

眼见推理被果断地推翻，健太无言以对。

"健太，'朋友'们能够飘浮，用的不是磁铁，而是其他方法。”真实说。

真实的视线始终紧盯着蝶野力。

“这世上没有科学解不开的谜团！也就是第二个机关，让‘朋友’们能够保持飘浮的状态。”

真实态度坚定地看向所有人。

▶▶ 解谜篇

“真实，你可以详细解说一下，那些‘朋友’是如何飘浮在空中的吗？”主持人代替所有的观众提出疑问。

真实看着蝶野力说：“你是利用‘离心力’，我说得没错吧？”

蝶野力没有回答。

真实看向屏幕上的另外一个房间。

“那个房间是圆弧形的，你指示那些‘朋友’把背靠在圆弧形的墙壁上。”

真实对着高个子男孩和短发女孩说：“你们刚刚说，感觉有人把你们往后拉，而且你们还觉得头晕，对吧？”

“嗯，我们是有这么说，但那又怎么样？”

“对啊！我们只是说出实情罢了。”

蝶野力的“朋友”们仍是对真实充满敌意。

“我正是因为你们的说辞才找到答案。飘浮在空中后，你们之所以会不自觉摇晃，那绝不是因为第一次使用超能力而感到疲累。”真实的语气还是一派的冷静，“那是因为你们跟着那个房间一起旋转，所以才会觉得头晕。”

“旋转？”

“朋友”们和观众你看我，我看你，满心不解。

“真实，你这话是什么意思？”健太忍不住从观众席上向真实发问。

“我的意思是，那个房间整体都能够旋转。”

“什么？”健太和观众们同声发出疑惑。

真实面向观众席，开始解释：“各位，你们试过绕圈甩动装有水的桶子吗？只要具有一定的速度，就算水桶上下颠倒，里面的水也不会轻易洒出来。因为旋转的物体会产生一股向外拉的力量，而这就是所谓的‘离心力’。”

观众们专注聆听着真实的说明。

“房间里的‘朋友’们按照蝶野力的指示，将背靠着墙壁，

将装水的桶子绕圈旋转，向外的力量就会发挥作用，让水不会洒出来。

当房间开始旋转后，他们就会因为‘离心力’的作用而被往外拉，紧贴在墙壁上。所以地板下降时，‘朋友’们就像是飘浮在空中。”

“这也就是说，‘朋友’们不是飘浮，而是因为‘离心力’而贴在墙壁上？”健太恍然大悟。

“没错！就是这样。”

“可是，屏幕上为什么看不出来房间在旋转？”

“房间旋转时，摄影机也和‘朋友’们同时旋转，所以透过屏幕，房间就像是没有移动。”

“怎么可能……”

“真的是这样吗？”

“朋友”们纷纷追问蝶野力。

他们得知事件的真相并不是因为自己拥有了超能力，而是利用科学造假，似乎很受打击。

面对众人的追问，蝶野力的表情一瞬间有那么一点点的慌张，但他立刻露出笑容。

“哎呀，各位请冷静。这一切的安排，都是为了你们着想。”

“为我们着想？”

空中飘浮的诡计

【房间的构造】

【房间旋转时……】

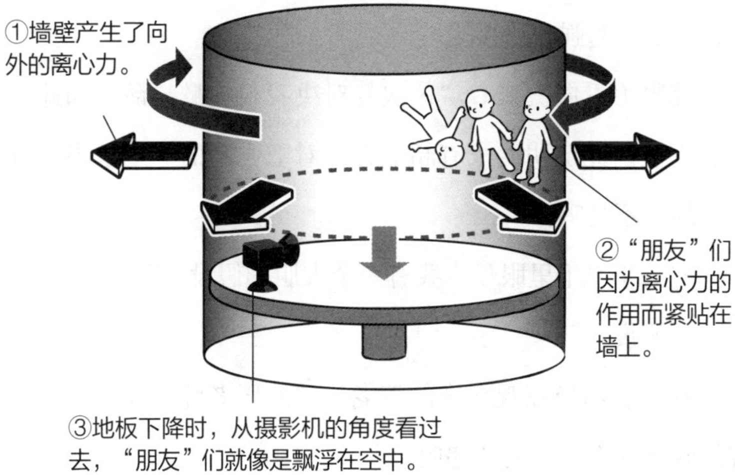

“那个房间的确设有机关，但这都是因为你们这些‘朋友’的超能力还没有被充分开发出来。”

“什么意思？”

“其实，我本来打算在节目正式录像前，把你们训练成超能力者。可是，我发现这比我原本的计划更花时间，逼不得已，我只好打造了那些机关。我只是不希望你们因为暂时无法成为超能力者，而担心自己在众人面前丢脸。”

蝶野力看似充满诚意地低下头，向“朋友”们表达歉意。

“没有事先告诉你们，对不起。”

“是……这样的吗？”

尽管“朋友”们对于蝶野力的这番说辞仍是感到有些疑虑，却还是勉强自己接受。

蝶野力看向真实。“这次的对决我很抱歉。话虽如此，你也不能因此证明我没有超能力，对吧？我的‘千里眼’可是真的，不是吗？”

“关于‘千里眼’，我有一个大胆的假设。”

“假设？”

真实看向坐在观众席的滨老。“滨田老师，你搬家后，曾经收到什么奇怪的快递吗？”

“咦？送来我家的东西吗？我想想……老家送了包米……啊！你这么一说，我想起来了！我收到一个‘商品试用调查’，厂商提供了一台扫地机器人。我想说我的运气真好，马上拿来试用。”

“果然没错。”真实露出笑颜。

接着，他转头看向蝶野力，问道：“把扫地机器人寄给滨田老师的人，就是你吧？”

“什么？”

听到真实这么说，众人纷纷露出讶异的神情，唯有蝶野力的脸色变得很难看。

“打从一开始，你就选定了滨田老师当作‘千里眼’的目标，然后向电视台提议，安排滨田老师陪我来录像，对吧？”

“选定目标？那是什么意思？”

“结束上一次的节目录像后，我调查了许多关于蝶野力的情报，得知蝶野力在那次录像前，曾购买了一台扫地机器人。”

“扫地机器人？就是会自动打扫地板的机器吧？蝶野力为什么要买那个东西送给滨田老师？”

“扫地机器人运用了 AI * 技术，能够掌握所要打扫房间的格局。蝶野力在试用结束后回收的扫地机器人上读取资料，借此得知滨田老师家的格局，而在节目中说出来。但他只能说中老师家里的格局，而说不出室内的摆设，例如电视机的位置等。这就是我对于‘千里眼’这项超能力的假设。”

真实往前走了几步，缩短与蝶野力之间的距离。

“居然是这样……”

---

* AI是英文“Artificial Intelligence”的缩写，意思是“人工智能”，研究用机器（主要指计算机）模拟类似于人类的某些智能活动和功能的学科。

健太和滨老都感到非常惊讶，但是蝶野力却没有理会他们。

“真实，你的故事编得十分动听，可是那台扫地机器人是我自己要使用才购买的，可不是你口中那台提供给滨田老师的试用品。很可惜，你的故事根本没有证据，一切都只是假设。”

蝶野力摇摇头，露出傲慢的笑容。

就在这时——

“你要的证据在这里！”有个熟悉的声音大喊着。

众人往声音的方向看过去，只见美希站在摄影棚门口。

“美希！”健太惊呼。

美希的身上穿着和平常一样的衣服，不再是那件“朋友”们专属的黑色T恤。

“你为什么会来这里？”

“还用得着问吗？当然是为了拿这个来给大家欣赏一下。我之所以加入‘朋友’，都是为了这个！”美希高举手里的U盘*。

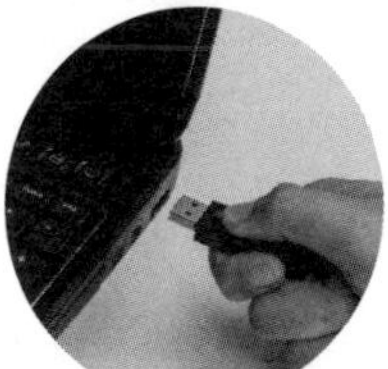

* U盘是连接计算机USB插槽所使用的数据储存装置。

“你竟然……”蝶野力的脸色大变，很明显地开始焦躁起来。

“看样子，蝶野力大师很清楚这是什么。”

美希充满自信，漾起得意的笑容。

“对！这就是扫地机器人里的数据。”

美希故意加入“朋友”，就是为了靠近蝶野力，趁机取得存有滨田老师家格局资料的设备。

“不愧是美希，真是太厉害了！”

健太像是得了冠军般的大声欢呼，美希则是满脸笑容地比了一个 V 的手势回应。

有别于美希与健太激动的反应，摄影棚的其他人一片静默。

屏幕里的“朋友”们更是一脸错愕。

“你是说，这些全都是谎言吗？”

“蝶野力大师，他们说的不是真的吧？”

屏幕上的“朋友”们连番追问蝶野力。

然而，蝶野力沉默不语。

“蝶野力大师，你快说点什么啊！”

“就像往常那样，让我们相信你啊！”

“相信我？”蝶野力喃喃自语，旋即放声大笑，“哈哈哈！哈哈哈！”

摄影棚内回荡着蝶野力猖狂的笑声。

蝶野力收起笑脸，用鄙视的表情看向“朋友”们。

“你们真是一群单纯的蠢蛋！”

“单纯的蠢蛋？”

面对这突如其来的辱骂，“朋友”们面面相觑。

“你们就是这样，只想看到自己想看到的。这世界上，哪有可能每件事都顺你们的心，如你们的意？只要一看到和自己所想的不同，就会逃避地闭上眼睛，装作没发现。所以你们才会这么容易就相信我，活该上了我的当！”

听到蝶野力桀骜不驯的发言，“朋友”们全愣在原地。

“蝶野力大师，所以……你是骗我们的？”

“你怎么可以这样……”

“对啊！我们一直那么相信你……”

“你叫我们接下来该怎么办？”

“朋友”们的眼眶泛泪，慌张得不知该如何是好。

另一头，制作人平太连忙做出指示，要主持人继续主持节目。

“啊！没想到情况有了意想不到的发展。”

对于眼前这出乎意料的进展，主持人狂冒冷汗，但同时也想让节目继续下去。

蝶野力径自开口说：“没错！我没有超能力。但是，我有什么过错吗？有错的是你们这些愿意上当受骗的人。你们都学到教训了吧？”

蝶野力不顾节目的进行，转身准备离开。

“蝶野力，请等一下！”健太大声叫住蝶野力，“‘朋友’们因为喜欢你，相信你，才会聚集在这里给你支持与力量，你却撒谎欺骗他们，这样太过分了吧！”

蝶野力停下脚步，转头看向健太。

“过分？我让他们做了一场美梦，这样还不够吗？”蝶野力的语气冷淡，丝毫没有一点温度。

“美梦？你知道你在说什么吗？”健太越讲越生气，“你的这种行为，算什么美梦！‘美梦’是即使梦醒，睁开眼睛也会让人一直感到幸福，那才叫‘美梦’。可是，你的‘朋友’们现在看起来一点也不幸福，不是吗？”

健太的双眼盈满泪水，拼命把自己的想法告诉蝶野力。

“以你的能力，就算不撒谎，一定也有办法让众人做一

场美梦，因为你曾经像那样带给大家欢乐，不是吗？”健太止不住地激动。

“即使醒来也觉得很幸福的梦……”

健太的话似乎唤醒了蝶野力，他的表情渐渐和缓下来。

但是，蝶野力马上又露出一副无所谓的微笑，说：“反正我刚好也厌倦了欺骗你们这种单纯的蠢蛋。走了！”

在众人的张口结舌中，蝶野力独自离开摄影棚。

真实始终目不转睛地望着蝶野力离去的背影。

4

科学解谜

Q：离心力的强度会改变吗？

不可思议的“离心力”

“离心力”指的是物体绕圈旋转时，由旋转的中心朝外远离的惯性力。举例来说，骑自行车转弯时，身体会感觉到一股力量把你向外拉，这也是“离心力”。

洗衣机靠“离心力”脱水

洗衣机高速旋转时，衣服上的水就会因为离心力而被甩出。

搭乘过山车时不会往下掉，也是因为“离心力”

绕圈旋转的过山车，因为向上的离心力大于向下的重力，所以即使头下脚上也不会掉下来。

“那件事感觉像是几天前才发生，原来已经过那么久了……”午餐时间，健太看着炖牛肉上的汤匙，突然对真实说。

“超能力诡计”被真实揭穿之后，蝶野力就没有再参与电视节目的演出，视频网站也没有新的视频上传。

蝶野力像是消失一样，不再举行粉丝见面会，也关闭了在线沙龙。听说“朋友”们交纳的会费也全数退还了。

“有消息说，蝶野力失踪了！”

不晓得这消息是真是假，网络上各种八卦众说纷纭。

“我实在有点担心他。蝶野力本质上应该不是坏人……”

真实点点头。

“唉，蝶野力究竟去哪里了呢？”健太把玩着手中的汤匙，小声地叹息。

“大新闻！大新闻！”

美希边喊边冲进六年级二班教室。

“美希，现在是午餐时间。”

“健太，吃饭固然重要，但我认为这件事更重要！”

美希把手上的平板电脑递给健太和真实。

画面上是一则主题为“给谜野真实，来自蝶野力”的电子邮件。

在真实的同意下，美希点开信件，内容只有一个网页的链接。

“这个是网址……对吧？”

“可以点开来看看吗？”

“好！那我点开喽！”

班上同学一听说蝶野力寄了封电子邮件，通通靠了过来。

美希让所有人都能看到平板电脑的画面，同时点开信件中的链接。

“谜野真实，好久不见！”

画面中出现蝶野力的身影，看起来是蝶野力自拍的视频。

蝶野力穿着华丽的金色西装，面对镜头。

“与你们相遇，某个层面来说，也是很好的刺激呢！多亏有你们，我才能够站上全新的舞台。”

“全新的舞台？”

健太一头雾水。

真实则注视着画面。

蝶野力身后有块类似幕布的东西。

下一秒，蝶野力打了一个响指。

身后的幕布往两侧揭开。

CHIKARA

幕布后头出现大批观众，原来蝶野力站在舞台上。

“各位女士、各位先生，魔术师蝶野力的拉斯韦加斯奇迹秀，马上开始！”

现场传来英文的广播声。

蝶野力特地在视频下方附上字幕。

热闹的音乐响起，华丽的舞台闪耀着耀眼的灯光。

蝶野力在舞台上表演一个又一个神奇的魔术。

“这该不会是……”

健太和同学们惊讶到说不出话来。

“看样子，蝶野力成为一个魔术师了。”真实平静地说。

此刻的蝶野力，正在拉斯韦加斯表演魔术秀。

“看他充满自信的演出，蝶野力应该不用再撒谎，说自己拥有超能力了吧？”健太欣慰地说。

“一定是健太当时在摄影棚的那一番话改变了他。”

美希看着健太，露出赞赏的表情。

“说到拉斯韦加斯，可说是娱乐表演的大本营。蝶野力所具有的个人魅力，一定可以吸引到观众的目光，在那里发展真是适合他。”健太的眼睛闪闪发光。

台下的观众为蝶野力的魔术表演热烈鼓掌，大声叫好。

魔术秀结束后，蝶野力站在镜头前。

“谜野真实，人是会进步的生物，人人都拥有无限的神奇力量。因为你的关系，让我能够毫无畏惧地往前走。所以，我们来比赛吧！我刚才的魔术用了什么机关，你看出来了吗？我想，这次就算是你，也没那么容易看穿。”

蝶野力说完，视频结束。

“蝶野力又向你下战帖了？”

“这个人真是学不会教训。”

真实看着画面上的蝶野力，用食指推了推眼镜，微笑着说：“有意思！我就接下你的挑战吧！只要背后存在着科学的‘诡计’，破解谜团就是我的使命！”

健太和美希同意地点点头。

科学侦探后记
成为『网红』？

科学侦探
谜野真实
成为“网红”！
CO_2 NH_3 H_2O
用惊人的科学，
击败恼人的家伙！
So!
我就是带来真相的
男孩！
Year!

大概就是这样。
我拒绝。
可是我好想看。